U0578539

唐詩絶句類選

〔明〕敖英 編

〔明〕凌雲 輯

文物出版社

圖書在版編目（CIP）數據

唐詩絶句類選 / (明) 敖英編 ; (明) 凌雲輯. --
北京 : 文物出版社, 2020.1
（拾瑶叢書 / 鄧占平主編）
ISBN 978-7-5010-6368-0

Ⅰ. ①唐… Ⅱ. ①敖… ②凌… Ⅲ. ①絶句 – 詩集 – 中國 – 唐代 Ⅳ. ①I222.742

中國版本圖書館CIP數據核字(2019)第239227號

唐詩絶句類選 〔明〕敖英編 〔明〕凌雲 輯

主　　編：鄧占平
策　　劃：尚論聰　楊麗麗
責任編輯：李縉雲　李子裔
責任印製：梁秋卉

出版發行：文物出版社有限公司
社　　址：北京市東直門内北小街2號樓
郵　　編：100007
網　　址：http://www.wenwu.com
郵　　箱：web@wenwu.com
經　　銷：新華書店
印　　刷：藝堂印刷（天津）有限公司
開　　本：710mm × 1000mm　1/16
印　　張：24.25
版　　次：2020年1月第1版
印　　次：2020年1月第1次印刷
書　　號：ISBN 978-7-5010-6368-0
定　　價：160.00圓

前言

在中國古代詩歌體式中，絶句是最膾炙人口的一種。因其短小而整飭，易於記憶，故能廣播市井，婦孺成誦。而在絶句當中，相比五絶，七絶能表達的内容更爲豐富和細膩，也更易呈現出詩人的個體風格與藝術品質，故而寫作者衆多。

唐代是絶句寫作最光輝燦爛的時期，留傳下來的七言絶句不僅數量驚人——接近萬首（《全唐詩》和《全唐詩補編》中收録的七絶共計九千三百六十二首），并且佳作甚多，有些作品堪稱千古絶唱，足以爲後世一代代人的情感思緒代言。宋代流行分門别類編纂書籍，絶句的彙編也在這一時期興起。目前已知較早從事唐人七言絶句專選的，是南宋趙蕃、韓淲二人，他們輯成《章泉澗泉二先生選唐人絶句》一書，作爲學詩範本，收詩人五十一家，七絶詩共計一百零一首。此書在南宋末年經謝枋得注解而流傳。至明代中期，敖英認爲趙蕃、韓淲所選過嚴，遺漏大家之作（李白、杜甫、韓愈、元稹等名流皆不入選，唯劉禹錫選至十四首），故自編《類編唐詩七言絶句》，分爲十五類。敖英，字子發，號東谷，清江（今江西樟樹市）人，正德十六年（一五二一）進士。曾任陝西提學僉事、河南提學副使、江西右布政使等職，以四川右布政使致仕。著有《心遠堂詩草》《心遠堂文草》《慎言集訓》《東谷贅言》《綠雪亭雜言》等。敖英之後，又有據其書編就的《唐詩絶句類選》。

《唐詩絶句類選》四卷，明凌雲編。此次影印出版所據底本爲明末凌氏三色套印本，半頁八行十九字，無行綫，疏行大字，俊美勁潔，無明末印刷體之弊，體現了吴興凌氏套印書籍的水平。卷前諸序及天頭評語均寫體上板，讀之賞心悦目。凌雲，生卒年不詳，約存世於明末。字宣之，吴興（今浙江湖州）人，凌氏族人。

此書卷前有施宸賓《唐七言絶選叙》、凌雲《七言絶選引》及補記、敖英《唐詩絶句類選序》《唐詩絶句總評》等文。書末附《唐詩絶句總評》《唐詩絶句人物》《補唐詩絶句人物》。全書專選唐人七絶約四百餘首，分類一仿敖英，也分十五類，按類編排。無總目，有分卷目録。卷四稱《補唐詩絶句》，乃是將敖氏以宋趙蕃、韓淲《選唐詩》爲原本，編選其《類編唐詩七言絶句》時所删去的三十首詩重新補足而已。凌雲在《選引補記》中特加説明：『章泉、澗泉二先生選唐絶一百一首，膾炙人口久矣。東谷謂其太嚴，乃閲東谷《選》，復去其三十首，故特補之卷四，以見其全。』每卷題材如是：卷一有吊古、送別、寄贈、懷思四類，卷二有游覽、紀行、征戍、寫懷、悲感、隱逸、宮詞七類，卷三除列宮詞下一欄外，又有閨情、時序、雜咏、道釋四類。卷四如前所述，爲補足原删之作，故不列題材。

凌雲補記有云：『是選也，以敖東谷爲准，顔之以硃。後於陳鍾鼇處復得顧東橋選本，而敖所選者無不彙焉。其評多异人處，今别之以藍。凡係二公所評，不標姓號。此外諸名家評之精確者，不下數十人，亦俱綴入，不敢遺逸，以示大觀。』所謂『以敖東谷爲准』，首先是説此書所選詩篇基本上與敖英《類編唐詩七言絶句》相同，二是以敖英選本的批語放在最高位置，特以朱字標出。顧璘評語次之，以藍字標出；然後又引用各家評語，均用墨字。此書天頭及其它空置之處，各家評語鱗次櫛比，可謂是一本唐七絶的彙評本。

古代文學研究專家孫琴安先生的《唐詩選本六百種提要》對此書内容作了較爲細緻的考察。他指出，敖之評語與敖之原本有所出入。另外前三卷在編排上與敖氏原本互有出入，不僅詩篇次序常有顛倒之處，在詩篇選取上也有不同。如敖本『寫懷類』詩共六首，杜甫只收一首，而此書杜甫一人就收六首；敖本『雜咏類』以李白《少年行》爲首，而此本以杜甫《少年行》二首爲首。此外，在校刊上也有差异。如敖本以《登樓寄王卿》爲韋應物作，此本卻以爲皮日休作。更重要的是，此本比敖本又增加了不少詩。所加之詩，在分卷目録中均以『補遺』二字標出。如敖本『閨情類』只選四首，此本則加了劉禹錫的《浪淘沙詞》（『鸚鵡舟頭浪颭沙』）、劉方平的《春怨》、王偃的《夜夜曲》等。

唐七言絶選序

詩之律變而絶也五流而七也其義備於三百篇黄鳥于桑始基之其源出於樂府挾瑟烏棲爲之嗣響故其聲可弦可歌可酣可泣南山叩角易

水聲答大風歌沛中虞兮悲愴下七言之作莫此爲先厥後李青蓮遂清平三調淋漓盡致寔唐三百年一人繼王龍標差堪伯仲而從軍行遂足壓卷然高常侍與王并州猶欲奪

席而坐微露於旗亭貫酒俾弦標不得獨步則絕亦未易易也故其語短意長欲斷不斷若洞簫之聲嫋嫋乎餘音情溢詞流愈雋念永若潯陽江上之琵琶坐濕青衫至柳揚岸

轉折伏廻環之妙莫令奴隸

梁之青大娘之舞劍淩風上

下嗣是作不一家選不一律宋

洪魏公以萬首尚進清藻趙

韓兩公南確簡至百首第薈

者輕瀝汰者亦輕漏廼東谷

敖先生退食之餘笑傲林丘逍
遥雲石獨裒七言絶而品隲焉
類聚門分一攬犁然海内愛而
傳之久矣而宣之甫復新是集也
以盖宣之僅弱冠耳曾問字于
蒙執經時頗好韻語恒與余

譚及之越三載過齋頭見取東谷許畧爲芟薙廣爲搜輯復合他選綴爲庀工鋟之厥功燦矣夫舍律而取絶未五而先七其間款語之緣者哉當一部鼓吹可也遂就余請曰先生肯惠一言弁

之乎余笑曰子以四始補傳士弟子行以四聲紫名木天矣聊汝一粲

西吳施辰賓題

七言绝選引

不佞髫髮时輒嗜聲学遇談集間見騷人逸士詩筒遞摭韻篇為誠則喜及流觴浮白間有數長慵取唐人七言绝歌之則躍躍喜不幸五尺而孤循循学禮

引一

向來景色都成黯淡然素習葩
經讀至蓼莪又未嘗不掩卷嘆
也古人云短歌當泣斯言是已
則破涕為箋亦是物也時有懷
欲吐即濡穎遂書紀不相〻自
適而躊躇未滿志者獨七言絕

欲其緣言雖短棲言彌長令吟者若有餘不盡蓋其難亂于是日躭玩唐絕思手一編以彌縫吾不及乃景廬萬首殊多紕繆雖凡夫訂正昏情爽曙矣而第存全體不擇細流誠謂命駕五

都則環寶自在正恐魚目與璵
璠並集璵璠亦無光陸機曰
誇目者尚奢愜心者貴當予取
愜心云耳璵璠在握何必入五
都而闚寶哉嘉賓攜數東谷先
生選一帙止若干首大槩於法

取其合於類取其分評者十之
七鉄者十之三邊謬加點竄廣
羅巖輯以補其漏聊備披玩消
寒暑參寐以佐清風明月庶幾
曰今而後取林叢聲可適吾志
也已日置几上而分兄陳鐘燿

並寓目焉囑予曰若署中梓繪不脛而走海內者種種矣何不并是集而頒之故付剞劂氏

吳興淩雲識

是選也以數東谷為準顏之以硃後于陳鍾聲處復得顧東橋選本而數所選者無不彙焉其評多異人處今别之以藍凡係二公所評不標姓號此外諸名家評之精確者不下數十人亦俱綴入不敢遺逸以示大觀

韋泉澗泉二先生選唐絶一百一首膾炙人口久矣東谷謂其太嚴乃閱東谷選復去其三十首故特補之卷四以見其全

雲再識

唐詩絕句類選序

唐初詩變古而律而絕句者又律之變視律尤難焉盖其韻約而句尠序綴無法則冗轉換無力則散易之則格卑深之則氣鬱直致之則味短局而執之則落色相不抑揚不開闔則寡音響不足以感動千古則不可以風故曰視律尤難焉昔在宋季章泉澗泉相與選唐詩絕句一百一首疊山從而註之可謂異代賞音然詩家猶病其決採過嚴

而于李杜大家而或遺予暇日忘其謭陋復取諸家詩分類選之得三百八十首而謬加批點每遇花月良宵風雨芳晝佳客不來悠然獨酌則命兒輩高歌數首以暢幽懷予倚徽酣擊節而和之不覺形神俱爽陶陶融融其美有不可以語人者矣

清江敖英撰

唐詩絕句總評

分類之目一十有五其人代先後遂不列次慨自齊梁以來詩之六義微波不揚點綴雕鏤清音獨遠今此編諸作皆能追逐變風翱翔比賦又以起承轉合爲之機軸以紀時標地綴景寫情爲之錯綜摛藻振秀動盪心靈咸極超詣良復名家　英識

唐詩絕句類選卷一目

李紳　宿昭應

李約　華清宮

吴融　華清宮

陳羽　吴城吊古

烏衣巷
竇鞏
南遊感興
李益
汴河曲
繡嶺宮
杜牧
赤壁
章碣

焚書坑

許渾

經始皇基

李商隱

瑶池

楚宫

龍池

賈生

白居易

昭君詞

補遺

王昌齡

梁苑

張子容

巫山

劉禹錫

楚懷王

崔魯

華清宮

送別

王維

送元二使安西

送別

李白

黄鹤樓送孟浩然之廣陵

峨眉山月歌送客

許渾

謝亭送客

鄭谷

淮上送客

司空曙

峽口送友

韋莊

江上送李秀才

送客

韓琮

暮春淮上送客

岑參

送人

劉長卿

嚴維

丹陽送韋參軍

張籍

送別

武元衡

送崔總赴池州

孟浩然

送杜十四之江南

補遺

重別李評事

王維

送韋評事

送沈子福之江南

嶽陽樓重別王八員外貶長沙

張謂

送人使河源

王之渙

九日送別

寄贈

李白

贈賈舍人之巴陵

聞王昌齡左遷龍標尉遥有此寄

山中答俗人

杜審言

贈蘇綰書記

杜甫

贈花卿

江上逢李龜年

酬嚴中丞早秋之作

杜牧

寄揚州韓判官

韓愈

贈鄭協律

湘中贈張十一功曹

同張員外遊曲江寄白舍人

柳江贈張十一

李涉

過襄陽上于司空

戴叔倫

贈殷亮

夜發袁江寄李潁川劉侍郎

對月荅元明府

白居易

杏園花下贈劉郎中

李商隱

寄令狐郎中

夜雨寄北

張籍

同白侍郎杏園贈劉郎中

贈李渤

逢賈島

許渾

重別曾王簿貽同餞妓女

客有卜居不遂薄游汧隴者

劉禹錫

洛中逢韓七

自朗州至京戲贈看花諸君子

與歌者何戡

張喬

寄維陽故人

戎昱

寄湖南張郎中

皮日休

登樓寄王鄉

皇甫冉

寄張繼

張泌

寄人

温庭筠

贈彈箏者

盧仝

逢鄭三遊山

鄭谷

席上貽歌者

王昌齡

夜飲李倉曹宅

柳宗元

過衡山見新花開寄弟

酬曹侍御過象州見寄

楊巨源

和楊煉師索秀才楊柳

贈崔九

温庭筠

贈少年

懷思

元稹

聞樂天左降江州

白居易

聞李十一醉憶元九

張旭

春艸

陸龜蒙

懷宛陵舊遊

顧況

聽角思歸

前三句賦昔日豪華之盛落句咏今日淒涼之景抑揚開闔此格唐詩人所不多得

言蘇臺廢矣所見惟柳色所謂惟吳歟而繁華安在哉只有江月不改耳

唐詩絕句類選卷一

弔古

弔古諸作大得風人之體大抵唐人弔古之作多以今昔盛衰構意而縱橫變化存乎體裁

李白

越中懷古

蔣春甫曰越中篇思古傷今蘇臺篇儆今思古甚深力量全在只今惟有四字

越王勾踐破吳歸義士還家盡錦衣宮女如花滿春殿只今惟有鷓鴣飛

蘇臺覽古

桂天祥曰千萬怨恨人不能為一語

舊苑荒臺楊柳新菱歌清唱不勝春只今惟有西

蘇臺西江標地也柳色裳歌與月綴景也

楊用脩曰徐陵詩竹密山齋冷荷開水殿香太白首句全用其語

此賦當時女寵之盛而今日淒涼之意於言外見之太白吳王美人篇同旨

江月曾照吳王宮裏人　落句與衛萬吳宮怨同

吳王美人半醉口號

風動荷花（綴景）水殿香（以下賦事）姑蘇臺上宴吳王西施醉舞嬌無力笑倚東窗白玉牀

杜牧

華清宮

長安回望繡成堆山頂千門次第開一騎紅塵妃子笑無人知是荔枝來

前自昔日言後自今日言與吳融李紳華清宮二詩相類

此詩首二句與馮君莫話封侯事一將功成萬骨枯皆警策語句是以驚動千古唐詩中亦不多得

李紳 于鱗選作劉況

宿昭應 蔣仲舒曰不勝今古之感邪知字獨字皆切要

武帝祈靈太乙壇新豐樹色繞千官那知今夜長
生殿獨閉空山月影寒 諷意高

李約

華清宮 謝疊山曰一曲霓裳四海兵極妙末二句與杜子美哀江頭詩江頭宮殿鎖千門細柳新蒲為誰綠同一悽愴

君王遊樂萬機輕一曲霓裳四海兵玉輦升天人
已盡故宮惟有樹長生

絶句全在第三句轉換有力則氣脈精神首尾照應如此詩提擬霓裳一曲可見祿山之亂劒閣之行皆原於此而明皇曾無悔過之意良可哀也

注天祥曰只是氣格卑下

末二句無情說出有情

吳融

華清宮

謝疊山曰白樂天漁陽鼙鼓動地來驚破霓裳羽衣曲與此詩意同深遠之味尤勝樂天

漁陽烽火照函關玉輦匆匆下此山一曲霓裳聽不盡至今遺恨水潺潺

陳羽

吳城弔古

吳王舊國水煙空香徑無人蘭葉紅春色似憐歌舞地年年先發館娃宮

唐詩妙處多在虛字上用工所謂字眼也王荊公同吟詩要一字兩字功夫孫莘老曰一字出奇便自過人正謂此耳如此欽字上詩憐字正良工苦心若壽於虛處賦事實於轉捩撇又不必拘拘於字眼也

胡元瑞曰末二句與解釋春風二句同詠玉環事也此意極精工李詩由天造杜不堪並論若氣象不同耳

王建

綺繡宮

玉樓傾側粉牆空重疊青山繞故宮武帝去來紅袖盡野花黃蝶領春風

崔魯

華清宮 楊用修曰崔魯華清宮四首含蓄精練寄麗遠出李義山杜牧之上

草遮回磴絕鳴鑾雲樹深深碧殿寒明月自來還自去更無人倚玉闌干

楊用脩曰曉星今本作曉風重下句風字或改作曉來亦不雅余見宋敏求長安志乃曉星字敏求又云長楊非宮名朝元去長楊五百餘里此乃風入長楊樹葉似雨聲也深得作者之意

桂天祥曰批畫石頭城後人更不須作

杜常

華清宮

行盡江南數十程曉風殘月入華清朝元閣上西風起都向長楊作雨聲 風字重用亦穩妙

劉禹錫 楊用脩曰元和以後詩人全集可觀者數家當以禹錫爲第一其詩入選及人所膾炙者不下百首

石頭城

山圍故國周遭在潮打空城寂寞迴淮水東邊舊時月夜深還過女墻來 有感慨

桂天祥曰有致慨者風刺味之淚下

謝疊山曰此詩只四句無限情思王介甫詞六朝旧事隨流水但寒芳衰烟凝綠從此詩變化

桂天祥曰傷調絶変尤佳

以上八詩皆賦故宮凄涼之景抒傷

烏衣巷

朱雀橋邊野草花烏衣巷口夕陽斜舊時王謝堂前燕飛入尋常百姓家 與前詩相類

竇鞏

南遊感興

傷心欲問南朝事惟見江流去不迴日暮東風春草綠鷓鴣飛上越王臺

李益 正聲作皇甫曾作

昔日豪華之盛恍如夢幻感慨極多司馬溫公曰詩貴意在言外使人思而得之羨滄浪所謂透徹之禪者皆此謂乎

結不與垂所以為晚庵

迦山濤語云此詩固佳但費詞說耳余謂不強正易細也

繡嶺宮

漢家仙仗在咸陽洛水東流入建章野老至今猶望幸離宮晚樹獨蒼蒼 桂天祥曰有感慨

杜牧

赤壁

謝疊山曰後二句絶妙眾人詠赤壁只喜當時之勝杜牧之詠赤壁獨憂當時之敗此是无中生有非淺識所到

折戟沉沙鐵未銷自將磨洗認前朝東風不與周郎便銅雀春深鎖二喬

章碣

近世有詠長城詩誰知斬木爲竿者更是長城裏面人有詠博浪沙詩如何十二金人外猶有人間鐵未銷此祖其詩

題外引證楊鐵崖題伏生授女圖老子當年厭女雛漢庭那得有全書中郎有女能傳業傷得胡笳語不如亦是題外引證

焚書坑

竹帛煙消帝業虛關河空鎖祖龍居坑灰未冷山東亂劉項元來不讀書

許渾

經始皇墓

龍盤虎踞樹層層勢入浮雲亦自崩一種青山秋草裏路人唯拜漢文陵

李商隱

就是新素

桂天祥曰風格整逸此鑒在中有所不及老讀之心快

謝疊山曰此譏襄王之愚若人來笑破

瑤池

瑤池阿母綺窻開黃竹歌聲動地哀八駿日行三萬里穆王何事不重來

楚宮

巫峽迢迢舊楚宮至今雲雨暗丹楓浮生盡戀人間樂只有襄王憶夢中

龍池

龍池賜酒敞雲屏羯鼓聲高衆樂停夜半宴歸宮

風刺沉着

謝疊山曰不問蒼生問鬼神此句是設文帝亦有愧矣古人無此見

樂天論落不得還朝托興自況

漏永薛王沉醉壽王醒

賈生

宣室求賢訪逐臣賈生才調更無倫可憐夜半虛前席不問蒼生問鬼神

白居易

昭君詞

漢使却回憑寄語黃金何日贖蛾眉君王若問妾顏色莫道不如宮裏時

此詩又兼賦比三四與太白日落長沙秋色遠同意首二句略已寫去

補遺

王昌齡

梁苑

梁園秋竹古時煙城外風悲欲暮天萬乘旌旗何處在平臺賓客有誰憐

張子容

巫山

巫嶺岧嶤天際重佳期宿昔願相從朝雲暮雨連

從君末二句嘆帝闕邃絕隙會爲難

徐子擴曰只是形容荒涼之態所謂蓋不見人非也李君雲隋宮春戲處飛來不見人亦此意

桂天祥曰絕變味好

天墻神女知來第幾峰

劉禹錫

楊柳枝詞 謝疊山曰楊花飛入宮墻猶見時人若隋臣子任危急蓋忠愛之心見楊花亦可憫矣

煬帝行宮汴水濱數株殘柳不勝春晚來風起花如雪飛入宮墻不見人 蔣仲舒曰千古希不出此意

歐陽詹

延平劍津

想象精靈欲見難通津一去水漫漫空餘千載淩

此以議論爲詩訂千古是非而與宋人蹊徑自別

霜色長與澄潭白日寒

杜牧

息夫人廟

細腰宮裏露桃新脈脈無言度幾春至竟息亡緣底事可憐金谷墜樓人

包佶

再過金陵

玉樹歌終王氣收雁行高送石城秋江山不管興

謀臣傾敵卒賂叔寧宮闈竟設爲隔岸世事墮其筆此詩可爲炯鑒矣嘗覽漢史有感云項王信間猜羣策垓下悲歌可柰何自古謀臣傾敵國黃金能買盡山河

離宮淒寂之景寫入神奚啻詩中有

亡恨一任斜陽伴客愁

崔道融

楚懷王

宮花一朵掌中開緩頰飄爲敵國媒六里青山天下笑張儀容易去還來

崔魯

華清宮

門横金鎖悄無人落日秋聲渭水濱紅葉下山寒

画

寂寂濕雲如夢雨如塵

桂天祥曰送元二詩離歌調已亡而音尚自俞悲暢後人所謂陽關三疊名不虛

劉會孟曰更萬首絕句亦無復近古今第一

渭城客舍別之地也朝雨柳色別之景也末二句別之情也唐人別詩此為絕唱

只標地寫情而不綴景

送別

王維

送元二使安西 按地輿記陽關在中國之外安西在陽關之外行役之遠莫過於此

渭城朝雨浥輕塵，客舍青青柳色新。勸君更盡一杯酒，西出陽關無故人。李東陽曰詞貴達意未該盛唐所未曾道一時傳誦不足至為三疊歌之可謂能達矣

送別

送君南浦淚如絲，君向東周使我悲。爲報故人顦顇盡，如今不似洛陽時。

桂天祥曰太白绝句篇篇与人别此當王昌齡與此詩參作傍陵金一分相似音節風格當世一人

末二句寫別時悵望之景而情在其中

王元美曰此是太白佳境然二十八字中入地名者五使後人為之不勝痕迹矣益見此老鑪錘之妙

李白

黄鶴樓送孟浩然之廣陵

故人西辭黄鶴樓煙花三月下揚州孤帆遠影碧空盡惟見長江天際流

在個中生変

送別之作多

峨眉山月歌送客 桂天祥曰凡不問太白此何等此詩誰能道

峨眉山月半輪秋影入平羌江水流夜發清溪向三峽思君不見下渝州

劉會孟曰含情淒婉有竹枝縹緲之音

許渾

後二句可與陽關
鼓吹蓋西出陽關
尚行者不堪之情
酒醒人遠尚送者
不堪之情大抵送
別詩妙在含情

桂天祥曰調逸鄭
谷亦有此作不多
見

謝亭送客

勞歌一曲解行舟紅葉青山水急流日暮酒醒人
已遠滿天風雨下西樓 桂天祥曰調高

鄭谷

淮上送客

楊子江頭楊柳春楊花愁殺渡江人數聲風笛離
亭晚君向瀟湘我向秦

司空曙

桂天祥曰氣格超出盛唐後每以此聲調爲雅世運改移可到空此詩便墮晚唐矣

高廷禮曰晚唐絶句極盛隆興衆不同而聲律未遠如韋莊送別諸篇尚有盛唐餘韻

客中送別每誦此三詩自不堪讀

唐人別多用泪字清切有情近素海

峽口送友

峽口花飛欲盡春天涯去住各霑巾來時萬里同爲客今日飜成送故人

韋莊

江上送李秀才 謝疊山曰客中送客最易傷懷此詩讀之兩含絶妙

前年送別灞陵春今日天涯各避秦莫向尊前惜沉醉與君俱是異鄉人

送客 謝疊山曰懷一句只是眼前語形容情思未有如此緊切

叟題李陵泣別圖云猶有交情兩行淚西風吹上漢臣衣亦用一淚字甚警策

日暮途窮之家聞此不無愴然

悲慨

胡昌濟曰昔時青樓對歌舞今日黃

千山紅樹萬山雲把酒相看日又曛一曲離歌兩行淚不知何地再逢君

韓琮

暮春淮水送客

綠暗紅稀出鳳城暮雲宮闕古今情行人莫聽宮前水流盡年光是此聲

岑參

送友 謝疊山曰詩爲去國者作末句陳特爲贅不足道 楊天祥曰清語雖稍異而理致義此詩清思遠者不及一言未足與論正聲矣

詼聚荊棘雲亦差似云看非復漢時舊物也以此推之御雨江亭去關洞驛可以浩然矣

首春甫曰西自客無情有情之別

後得出自難

桂天祥曰首句調好末二句意雖催敘之恐隨晚夜太白云桃花潭水深千尺不及汪倫送我情與此同機義

西原驛路挂城頭，客散江亭雨未休。君去試看汾水上，白雲猶似漢時秋。末二句因其失路，遂以懷古之懷寬之，俾知榮華一夢，何必以區區得失交戰於中。

劉長卿

送裴郎中貶吉州

猿啼客散暮江頭，人自傷心水自流。同作逐臣君更遠，青山萬里一孤舟。唐人屢用一孤舟連字，蓋加一字益覺淒楚，宋人病其爲複，非知詩者。

送李判官之溫州行營 溫一作潤

萬里辭家事鼓鼙，金陵驛路楚雲西。江春不肯留

韻良多
蔣仲舒曰送字重
江春不留草色又
送張雜為情

歸客草色青青送馬蹄

王昌齡

芙蓉樓送客

丹陽城南秋水陰丹陽城北楚雲深高樓送客不能醉寂寞寒江明月心

香恐殘

劉商

送元使君自楚移越

露晃行春向若耶野人懷惠欲移家東風二月淮

音律格調何泰中
唐正音

桂天祥曰調苦動之傷感情景難狀

桂天祥曰作詩論要正不在多數日

陰郡惟見棠梨一樹花

韓翃 楊用脩曰唐人評韓翃詩比興深于劉長卿、節候感于皇甫冉比興景也節候情也

送客貶五谿

南過猿聲一逐臣回看秋草淚霑巾寒天暮雨空山裏幾處蠻家是主人

嚴維

丹陽送參軍

丹陽郭裏送行舟一別心知兩地秋日晚江南望

晚二句多少相思

狂此隱括

寓景寫情

江北寒鴉飛盡水悠悠

張籍

送別

青山歷歷水悠悠今日相逢明日秋繫馬城邊楊

柳樹爲君沽酒暫淹留

武元衡

送崔總赴池州

春風絲管怨津樓三奏行人醉不留別後相思江

桂天祥曰近歌行体無一點塵穢
蔣仲舒曰不勝歧路之泣

上屽落花飛處杜鵑愁

孟浩然

送杜十四之江南

荆吳相接水爲鄉君去春江正渺茫日暮征帆何處落天涯一望斷人腸

柳宗元

重別夢得

二十年來萬事同今朝岐路忽西東皇恩若許歸

田去歲晚當爲鄰舍翁

僧法振

送友人之上都

玉帛徵賢楚客稀猿啼相送武陵歸潮頭望入桃花去一片春帆帶雨飛

補遺

王昌齡

送薛大赴安陸

蔣仲舒曰末句見得安陸很遠

道伊旅況然雲雨已惜別之情自寓

蔣仲舒曰緩字與隨意照應是句眼

此作不似盛唐隨意二字難解

津頭雲雨暗湘山遷客離憂楚地顏遙送扁舟安陸郡天邊何處穆陵關

送別魏三

醉別江樓橘柚香江風引雨入船涼憶君遙在湘山月愁聽清猿夢裡長

重別李評事

莫道秋江離別難舟船明日是長安吳姬緩舞留君醉隨意青楓白露寒

（緩字最工）

蔣仲舒曰末句兩種情思總徹一堆

蔣仲舒曰別景寥落情殊悵然

又曰相送之情似春將之何其濃至

王維

送韋評事

欲逐將軍取右賢沙場走馬向居延遥知漢使蕭關外愁見孤城落日邊

送沈子福之江南

楊柳渡頭行客稀罟師盪槳向臨圻唯有相思似春色江南江北送君歸

嶽陽樓重別王八貟外貶長沙

首二句嘆其遠謫青雲北望語甚悲楚三四後善廻

蔣仲舒曰長流奚山以日盡與日莫淼冊何處泊句法亦似

江路東連千里潮青雲北望紫微遙莫道巴陵湖水闊長沙南畔更蕭條

張謂

送人使河源

故人行役向邊州匹馬今朝不少留長路關山何日盡滿堂絲竹爲君愁

王之渙

九日送別

次句于鱗謂爲題相余謂並兼題情

薊庭蕭瑟故人稀。何處登高且送歸。今日暫同芳菊酒。明朝應作斷蓬飛。

桂天祥曰全首翻賈生用此以形忐少諒公思不能遂婉孌看情忠厚得体楊用脩曰太白此詩解其悲嗟得溫柔敦厚之旨

梅禹金曰書梅然詩願作東北風吹我入君懷又齊游將心寄明月流影入君懷而白為裁其意變成奇語

寄贈

李白

贈賈舍人謫巴陵

賈生西望憶京華，湘浦南遷莫怨嗟。聖主恩深漢文帝，憐君不遣到長沙。

聞王昌齡左遷龍標尉遙有此寄

楊花落盡子規啼，聞道龍標過五谿。我寄愁心與明月，隨風直到夜郎西。蔣仲舒曰楊花與次賦事末二句寄情

李東陽曰詩意貴遠不貴近貴淡不貴濃如杜子美少與清興此詩亦二詩皆淡而意深遠而並遠

胡元瑞曰唐初七言初變梁陳音律未諧韻度尚乏惟審言之渡湘江贈蘇綰二首結皆作對而工緻天然風味可掬然張說巴陵王翰出塞之吟句始成純調入盛唐

山中問答

問予何事棲碧山笑而不答心自閒桃花流水杳然去別有天地非人間

楊鶴翁曰流易與所古異耳

讀此詩太白何等胸襟何等標韻

杜審言

贈蘇綰書記

知君書記本翩翩爲許從戎赴朔邊紅粉樓中應計日燕支山下莫經年

唐仲言曰紅粉燕支巧有照帶

杜甫

胡元瑞曰少陵馬上誰家白面郎一首除有古意外与樂府無干惟此一首近太白花卿蓋歌伎此曲二句本自目前語用修以揚大語釋之何杜不幸也

贈花卿

楊用修曰花卿名敬定蜀之名將僭用天子禮樂子美作此譏之而含蓄不露有風人言之無罪聞者足以戒之旨當時妓女皆以此詩入歌亦有見哉公之詩句訓爲之刪

錦城絲管日紛紛，半入江風半入雲。此曲秖應天上有，人間能得幾回聞。

徐獻忠曰杜贈花卿絕句譏僭逼之非同能得轉移此詞詩者當言外求之

江上逢李龜年

岐王宅裏尋常見，崔九堂前幾度聞。正是江南好風景，落花時節又逢君。

酬嚴中丞早秋之作

秋風嫋嫋動高旌，玉帳分軍射虜營。已收滴博雲

謝疊山曰牧之當時任淮南其後歷江南之寂寞思揚州之歡娛情雖切而詞不露
劉會孟曰說韓之風致可想書記舊年自是郎

間戍更奪蓬婆雪外城

杜牧

寄揚州韓判官 楊用脩曰草未凋今本作草木凋秋盡而凋是常事也况江南地暖草木不凋乎未字有意

青山隱隱水迢迢秋盡江南草未凋二十四橋明月夜玉人何處教吹簫 優柔平寔有似中唐

贈鄭協律

廣文遺韻留樗散雞犬圖書共一船自說江湖不歸事阻風中酒過年年

所值之景不殊所感之情則異

楊用脩曰城中車馬應無數能解閑行有幾人亦是此意

韓愈

湘中贈十一功曹

休垂絕徼千行淚共泛清江一葉舟今日嶺猿兼越鳥可憐同聽不知愁

同張員外遊曲江寄白舍人

漠漠輕陰晚自開青天白日映樓臺曲江水滿花千樹有底忙時不肯來

郴江贈張十一

山作劍攢江寫鏡扁舟斗轉疾於飛回頭笑向張公子終日思歸今日歸

李涉

過襄陽上于司空

方城漢水舊城池陵谷依然世自移歇馬獨來尋故事逢人惟說峴山碑

戴叔倫

贈殷亮

桂天祥曰辭婉此詩只咏故實絶無贊頌蓋風之也亦可見其人非苟從栖栖者

此詩末二句與多少朱門鎖空宅主人到老不曾歸同意中世士大夫以

宦者家有流寓系出亮念首丘者先人之數唐哉爲亦也其墳墓亦棄之矣邊跡焉年年寒食清明情何以堪時二公流貶在此潛伴靜同淺上鍾轉覺思深

謝疊山曰勸客飲情懷惋而味悠長與少陵九日詩相類明年此會知誰健醉把茱萸仔細看於戴詩尤勝

日日河邊見水流傷春未已復悲秋山中舊宅無人住來往風塵共白頭

夜發袁江寄李潁川劉侍郎

半夜舟回入楚鄉月明山色共蒼蒼孤猿更叫秋風裏不是愁人亦斷腸

對月答元明府 法

桂天祥曰極有風思絕處乃百尺竿頭更加步

山下孤城月上遲相留一醉本無期明年此夕遊何處縱有清光知對誰

多少二字甚有含
蓄

義山此詩落句以
相如自況此是用
古事為今事用死
事為活事如錦衣
白馬隨李廣為報
惠連詩不情但用
東山謝安不自保
曹參不殺人憑誰

白居易

杏園花下贈劉郎中

怪君把酒偏惆悵、、、、、、、曾是貞元花下人、、、、、、、自別花來多
少事、、、、東風二十四回春、、、、、、、

李商隱

寄令狐郎中

嵩雲秦樹久離居、雙鯉迢迢一紙書、、休問梁園舊
賓客、、、、、茂陵秋雨病相如、、、、、、、

說與謝玄暉等詩
皆此法也

蔣仲舒曰末二句
又翻出一層

意味悲傷與劉夢
得湘中逢韓七相
類

夜雨寄北

君問歸期未有期巴山夜雨漲秋池何當共剪西
窗燭却話巴山夜雨時

張籍

同白侍郎杏園贈劉郎中

一去瀟湘頭欲白今朝始見杏花春從來遷客應
無數重到花前有幾人

贈李渤

語意清婉

末二句托喻未路艱虞知己難遇

呂文煥降元守江州龍仁夫過之席上賦琵琶亭詩老大蛾眉負所天恐

五渡谿頭躑躅紅嵩陽寺裡講時鐘春山處處行應好一月看花到幾峰

逢賈島

僧房逢着欵冬花出寺行吟日已斜十二街中春雪徧馬蹄今去入誰家

許渾

重別曾主簿貽同餞妓女

泪沿紅粉濕羅巾重繫蘭舟勸酒瓶畱却一枝河

嗬邊恨客哀繞江心正好看明月又抱琵琶過别船亦是此意

首句托喻薄遊者日莫途遠下言五侯家郭多少樓臺而薄遊者不遂鷦鷯之願蓋憐之也

畔栎明朝又有遠行人

客有卜居不遂薄遊汧隴者

海燕西飛白日斜天門遥望五侯家樓臺深鎖無人到落盡春風第一花謝疊山曰五侯有樓臺而不得居寒士無室廬者亦可以寬心矣

劉禹錫

洛中逢韓七

昔年意氣結羣英幾度朝回一字行海北天南零落盡兩人相見洛陽城

風刺時事全用此體

桂天祥曰此與聽穆氏歌全倣托其譏痛極是婉曲

蔣仲舒曰善於言情

自朗州至京戲贈看花諸君子

紫陌紅塵拂面來無人不道看花回玄都觀裏桃千樹盡是劉郎去後栽

與歌者何戡

謝疊山曰不勝情三字有味見舊時爲已仇者七無一存惟歌妓何戡尚在耳

二十餘年別帝京重聞天樂不勝情舊人惟有何戡在更與殷勤唱渭城

張喬

寄維陽故人

[illegible]子綱曰杜牧寄楊州判官云二十四橋明月夜此云十五橋想故人之居而其思幸乃知詩人無定語

婉娩有情

劉會孟曰如此閒合野興甚濃正是

離別河邊綰柳條、千山萬水玉人遥、月明記得相尋處城鎖東風十五橋

戎昱

寄湖南張郎中

寒江近戶漫流聲、竹影當窗亂月明、歸夢不如湖水闊、夜來還到洛陽城

皮日休 于鄰選作常應格

登樓寄王卿 桂天祥曰純意而正是閒見蕭瑟時寄王卿於皇全要消野興正謂不淺果家法

絶意復憐西湖[illegible]

情味不復如此

登樓愁思寇話下淚

叠用落日夕陽欠檢點

踏閣攀林恨不同，楚雲湘水思無窮。數家砧杵秋山下，一郡荊榛寒雨中。寫亂後荒涼之景

皇甫冉

寄張繼

悵望南徐登北固，迢迢西塞望東關。落日臨川問音信，寒潮惟帶夕陽還。結好

張泌

寄人

末二句無情識出有情

庭筠此絕可觀
杜天祥曰時移代換極悲愛心不在此筆者

別夢依依到謝家小廊回合曲闌斜多情只有春庭月猶爲離人照落花

溫庭筠

贈彈箏者

天寶年間事玉皇曾將新曲教寧王鈿蟬金雁皆零落一曲伊州淚萬行

盧仝

逢鄭三遊山

此詩因感時而作前二句比富貴履危機末二句寓恬退以肆志

宋人有詩云莫向沙邊弄明月夜深無處識漁人與此詩俱以猜忌相戒

相逢之處花茸茸峭壁攢峰千萬重他日期君何處好寒流石上一枝松

鄭谷

席上貽歌者

花月高樓傍九衢清歌一曲倒金壺坐中亦有江南客莫向尊前唱鷓鴣

王昌齡

夜飲李倉曹宅

此篇起得真切

意活所以難及

霜天留飲故情歡銀燭金爐夜不寒欲問吳江別

來意青山明月夢中看

柳宗元

過衡山見新花開寄弟

故國名園久別離今朝楚樹發南枝晴天歸路好

相逐正是峰前回鴈時

酬曹侍御過象州見寄

破額山前碧玉流騷人遥駐木蘭舟春風無限瀟

徐子擴曰水邊楊柳麴塵絲今本作綠煙絲者非

胡元瑞曰韓翃詩絕寂寡以江南曲宿山中送高山人寒食調馬及此篇

湘意欲採蘋花不自由

楊巨源

和楊煉師索秀才楊柳

水邊楊柳綠烟絲立馬憑君折一枝惟有東風最相惜殷勤更向手中吹

韓翃

贈張千牛

蓬萊闕下是天家上路初回白鼻騧急管晝催平

皆全首高華明秀而古意內含非初非盛直是陳梁初語行以唐調耳

鐘鳴漏盡夜行不止者有愧此老翁多矣杜樊川有詩云盡道青山歸去好青山能有幾人歸較此詩意句殊有含蓄

樂酒春衣夜宿杜陵花

僧靈徹

答韋丹

年老心閑無外事麻衣草坐亦容身相逢盡道休官去林下何曾見一人

補遺

岑參

玉關寄長安李主簿

徐子橒曰漸字係切見交遊之意

東去長安萬里餘故人那惜一行書玉關西望腸堪斷況復明朝是歲除

劉長卿

贈崔九

憐君一見一悲歌歲歲無如老去何白屋漸看秋艸没青雲莫道故人多

温庭筠

贈少年

少年豪俠之氣可掬

江海相逢客恨多秋風葉下洞庭波酒酣夜别淮
陰市月照高樓一曲歌

唐人友道亦古可同休戚可托死生誦此詩元白之交情可觀矣

洪景盧曰樂天云此句他人尚不可聞況僕心哉夫嬉笑之怒甚於裂眥長歌之悲甚於慟哭此語誠然

前二句以近者言後二句以遠者言

懷思

元稹

聞樂天左降江州

殘燈無焰影幢幢此夕聞君謫九江垂死病中驚起坐暗風吹雨入寒窗

悲　妙

白居易

同李十一醉憶元九

花時同醉破春愁醉折花枝當酒籌忽憶故人天

際去計程今日到梁州

杜牧

懷吳中馮秀才

長洲苑外草蕭蕭却筭遊程歲月遥惟有别時今不忘暮煙秋雨過楓橋

念昔遊

李白題詩水西寺古木廻巖樓閣風半醒半醉遊三日紅白花開煙雨中

謝疊山曰崔護人面祇今何處在桃花依舊笑春風正如此詩意味更悠遠

胡昂濟曰因獨上之時思同來之友因水月連天思去年風景皆有針線同獨二字小巧

趙嘏

江樓書感

獨上江樓思渺然月光如水水如天（如一作連）同來望月人何在風景依稀似去年

補遺

獨孤及

海上憶洛中舊遊

涼風臺上三峰月不夜城邊萬里沙離別莫言關

塞遠夢魂長在子陵家

張旭

楊用脩曰張旭以草書名其詩亦錄如此

春草

春草青青萬里餘邊城落日見離居情知海上三年別不寄雲間一紙書

陸龜蒙

懷宛陵舊遊

陵陽佳地昔年遊謝朓青山李白樓唯有日斜江

上思酒旗風影落春流

三四句情景融合，句後俊逸

顧況

聽角思歸

故園黄葉滿青苔，夢後城頭曉角哀。此夜斷腸人不見，起行殘月影徘徊。

蔣仲舒曰：此結真可斷腸，足見無聊之態

唐詩絕句類選卷二目

杜牧

登樂遊原

泊秦淮

將赴吳興登樂遊原

城樓晚眺

李商隱

上夕陽樓

西亭

天津橋春望

過南鄰花園

韋應物

滁州西澗

薛能

宋氏林亭

韓翃

宿石邑山中

李郢

宿虛白堂

補遺

顧況

湖中

羊士諤

登樓

紀行

李白

上皇西巡南京歌

其二

其三

其四

早發白帝

秋下荆門

村審言

渡湘江

杜甫

解悶

賈島

渡桑乾

賀知章

回鄉偶書

岑參

逢入京使

赴北庭度隴思家

李涉

從秦城回題武關

劉長卿

新息道中

韓愈

次壽陽驛

張繼

楓橋夜泊

王建

江陵使至汝州

盧綸

山行

杜牧

山行

皇甫冉

江行

王昌齡

別李浦之京

權德輿

舟行夜泊

柳宗元

詔赴都下二月至灞陵

司空圖
自河西歸山
出關漫書
戴叔倫
湘江即事
張籍
蠻中
戎昱

移家別湖上亭

顧況

憶故園

補遺

李白

上皇西巡南京歌

岑參

磧中作

王司

宿疎陂驛

無名氏

初過漢江

征戍

曹松

己亥歲時黄巢亂江淮

陳陶

隴西行

王之渙

涼州詞

岑參

苜蓿峰頭寄家人

李白

從軍行

嚴武

邊城早秋

盧弼

邊城春怨

張仲素

塞下曲

王翰

涼州詞

柳談

涼州詞

李白

永王東巡歌

其二

其三

其四

其五

其六

其七

岑參

獻封大夫破虜九凱歌

其二

其三

常建

邊曲

姚合

邊詞

補遺

王昌齡

從軍行

其二

其三

常建

塞下曲

邊詞

盧弼

和李秀才邊庭四時怨

寫懷

杜甫

漫興

其二

其

齊安郡中偶書

柳宗元

柳州二月偶書

劉禹錫

元和甲午詔徵江湘逐客予自武陵赴京宿於都亭有懷續來諸君子

温庭筠

車駕西巡因而有感

羅隱
偶興
補遺
賈至
春思
其二
陳祐
雜詩

崔惠童

宴城東莊

陳陶

閑居雜興

悲感

趙嘏

經汾陽王舊宅

張籍

韓愈

題蕭二兄舊堂

溫庭筠

過故袁學士居

鄭谷

經賈島墓

劉禹錫

聽舊宮人歌

韓偓

襄陽道中軍後有感

司空曙

病中遣妓

隱逸

許渾

送隱者

劉長卿

過鄭山人居

李商隱

訪隱者不遇

韋應物

休日訪人不遇

雍陶

西城訪友人別墅

顧況

竇鞏

尋道者隱處不遇

宫詞

吴融

華清宫詞

裴交泰

長門怨

杜牧

天街秋夕

宮怨

崔道融

長門怨

李白

清平調詞

其二

其三

長門怨

王建

宮詞

其二

其三

李商隱

漢宮詞

宮詞

朱可久

宮詞

補遺

李白

長門怨

王昌齡

西宮春怨

西宮秋怨

李建勳

宮詞

無名氏

第五疊

柯宗

玉堦怨

桂天祥曰洞庭篇首二句廣濶以可到後二句不可到周于稅曰太白所長在此他人自不能及

楊用脩曰此詩之妙不待贊前句云不見後句云不知讀之不覺其複此二不字決不可易大抵盛唐大家正宗作詩取其流暢不似後人之拘拘耳

首二句遠景末二句近景

唐詩絕句類選卷二

遊覽 遊覽詩妙在綴景而寓懷古之意

李白

陪族叔刑部侍郎曄及賈舍人至遊洞庭湖

洞庭西望楚江分，水盡天南不見雲。日落長沙秋色遠，不知何處吊湘君。此詩綴景宏闊有吞吐湖山之氣落句感慨之情深矣

其二

洞庭湖西秋月輝，瀟湘江北早鴻飛。坐客滿船歌

劉會孟曰自是悲壯

此詩綴景之妙如畫中神品氣韻生動實能入微

劉會孟曰以爲銀河猶未免俗耳

白紵不知霜露入秋衣

東魯門泛舟

日落沙明天倒開波搖石動水縈迴輕舟泛月尋
溪轉疑是山陰雪後來

觀廬山瀑布

日照香爐生紫煙遥看瀑布挂長川飛流直下三
千丈疑是銀河落九天

望天門山

桂天祥曰極悲哉長空孤鳥起興尤最傲絶
楊用脩曰此詩諸家皆選皆向作孤鳥没不特平仄拗且不成句今據善本當作淡孤鴻

桂天祥曰寫景命意俱新絶更幽倬反之與諸作異

天門中斷楚江開碧水東流直北廻兩岸青山相對出孤帆一片日邊來

杜牧 晚唐惟牧之絶句精遒罕可法

登樂遊原

長空澹澹孤鳥没萬古消沉向此中看取漢家何似業五陵無樹起秋風 謝疊山曰看取二字痛刻欲人全想之初動心也

泊秦淮

煙籠寒水月籠沙夜泊秦淮近酒家商女不知亡

前二句乏逸俊

國恨隔江猶唱後庭花

將赴吳興登樂遊原

清時有味是無能閑愛孤雲靜愛僧欲把一麾江海去樂遊原上望昭陵

城樓晚眺

鳴軋江樓角一聲微陽瀲瀲落寒汀不用憑闌苦回首故鄉七十五長亭

李商隱

謝疊山曰夕陽不好況此詩形容不著遠孤鴻杳飛飛是夕陽時景只是身世悠悠與孤鴻相似意思便淺歎問不知四字無限精神

清氣沁入肌骨欲冷

上夕陽樓

花明柳暗繞天愁，上盡重城更上樓。欲問孤鴻向何處，不知身世自悠悠。

西亭

此夜西亭月正圓，疎簾相伴宿風煙。梧桐莫更翻清露，孤鶴從來不得眠。

張繼

郵亭

桂天祥曰調苦絶愛極有意於亭墮淚只亦前上感慨含蓄

雲淡山橫日欲斜郵亭下馬對殘花自從身逐征西府每到開時不在家

李益

上汝州郡樓

黄昏鼓角似邊州三十年前上此樓今日山川對垂淚傷心不獨爲悲秋

臨滹沱河見蕃使

溪（一作漢）南春色到滹沱岸北（一作邊柳）青青塞馬多萬里江山今

不閑漢家頻許郅支和

李拯

退朝望終南山

紫宸朝罷綴鵷鸞，丹鳳樓前駐馬看。惟有終南山色在，晴明依舊滿長安。

桂天祥曰：此詩高絕沉雅。亂後還朝，惟有終南如舊，凡甲第文物異矣，感慨之辭，寄寓濃麗。

雍陶

天津橋春望

津頭春水浸紅霞，煙柳絲絲拂岸斜。翠輦不來金

桂天祥曰：有思致，有風韵。

徐子擴曰後二句自相承應末二句可見物理盛衰自有乘除

胡元瑞曰宋人謂滁州西澗春潮絶不能至不知詩人遇興遣詞大則須彌小則芥子寧此拘〻癡人前政自難說夢

殿閉宮鸎啣出上陽花

過南隣花園

莫惟頻過有酒家多情長是惜年華春風堪賞還堪恨纔見開花又落花

韋應物

滁州西澗

楊用脩曰澗邊生〻字古本作行〻字勝生字十倍末二句本于詩訛彼柏舟一句信三百篇為詩人之祖也

獨憐幽艸澗邊生上有黃鸝深樹鳴春潮帶雨晚來急野渡無人舟自橫

桂天祥曰沉密中寓意閑雅如獨坐看山澹於忘歸樹之曲畫取譬何必乃爾

與賞黑牡丹同意蓋風之也

四句皆形容山之高

薛能

宋氏林亭

地濕莎青雨後天桃花紅近竹林邊行人本是農桑客記得春深欲種田

韓翃

宿石邑山中

浮雲不共此山齊山靄蒼蒼望轉迷曉月暫飛千樹裏秋河隔在數峰西

李郢

病虛白堂

秋月斜明虛白堂寒蛩唧唧樹蒼蒼江風徹曉不得寐二十五聲秋點長

補遺

顧況

湖中

青艸池邊日色低黄茅瘴裹鷓鴣啼丈夫飄蕩今

三四無限悲感

結句與王粲登樓同意

如此一曲長歌楚水西

羊士諤

登樓

槐柳蕭疏繞郡城夜添山雨作江聲秋風南陌無車馬獨上高樓故國情

第二句譏天子蒙塵之恥變化春秋天王狩於河陽書法

蔣仲舒曰四讚題意只拈好處説有體

紀行

李白

上皇西巡南京歌

胡塵輕拂建章臺。聖主西巡蜀道來。劍壁門高五千尺。石爲樓閣九天開。

其二

誰道君王行路難。六龍西幸萬人歡。地轉錦江爲渭水。天迴玉壘作長安。

楊用脩曰盛弘之
荆州記云白帝至
江陵一千二百里
春水盛時行舟朝
發夕至太白述之

其三

濯錦清江萬里流雲帆龍舸下揚州北地爭誇上
林苑南京還有散花樓

其四

水綠天青不起塵風光和煖勝三秦萬國鶯花隨
玉輦西來添得錦江春

早發白帝 桂天祥曰他亦有作者無此聲調氣格

朝辭白帝綵雲間千里江陵一日還兩岸猿聲啼

為韵語驚風雨而泣鬼神矣

楊用脩曰此又歸京入剡之作

蔣仲舒曰挂字最得趣

徐子擴曰閒適

蔣仲舒曰末二句與王勃蜀中九日作意相似配偶處不對而對了而不對佳

不盡輕舟巳過萬重山　用脩又曰杜詩朝發白帝暮江陵從來日數信有徵與李同用那律而優劣自見

秋下荆門

霜落荆門煙樹空，布帆無恙挂秋風。此行不爲鱸魚鱠，自愛名山入剡中。

杜審言

渡湘江

遲日園林悲昔遊，今春花鳥作邊愁。今一作新 獨憐京國人南竄，不似湘江水北流。

王敬美曰余謂此閬仙思鄉作何曾與并州有情蓋曰非惟不能忘抑望并州又是故鄉矣并州且不得住況歸咸陽此閬仙去也杭得注有分毫相似否

杜甫

解悶

商胡離別下揚州憶上西陵故驛樓爲問淮南米
貴賤老夫乘興欲東遊

賈島 王元美曰元輕白俗郊寒島瘦此是定論島詩惟三月三十日二絶及此首乃可耳

渡桑乾 謝疊山曰旅寓十年交游歡愛與故鄉無殊一旦别去能無眷念望并州反以爲故鄉亦人之至情也

客舍并州已十霜歸心終日憶咸陽無端更渡桑
乾水却望并州是故鄉

一作偶書竟

劉會孟曰說透人情之的

賀知章

回鄉偶書

少小離鄉老大回，鄉音無改鬢毛衰。兒童相見不相識，笑問客從何處來。

岑參

逢入京使

故園東望路漫漫，雙袖龍鍾淚未乾。馬上相逢無紙筆，憑君傳語報平安。

丘文莊以書言眼前景致口頭語便是詩家絕妙詞以上三詩良然

劉會孟曰習遴

赴北庭度隴思家

西去輪臺萬里餘故鄉音耗日應疎隴山鸚鵡能言語爲報家人數寄書

蔣仲舒曰末二句無中生有

李涉

從秦城回題武關

遠別秦城萬里遊亂山高下入商州關門不鎖寒溪水一夜潺湲送客愁

晚唐人能作此絶句一斑

劉長卿

杜天祥曰如此詩結句豈不催只是氣概單弱

語云春花秋月此乃春半反見月不見花驛中淒涼宛然

胡元瑞曰夜半鍾聲一句誤安綠〻

新息道中

蕭條獨向汝南行驛驛一作客路多逢漢將營古木蒼蒼離亂後幾家同住一孤城善說

韓愈

次壽陽驛

風光欲動別長安春半城邊特地寒不見園花兼巷柳馬頭惟有月團圓

張繼

皆為昔人愚弄詩流借景立言惟在聲律之調興象之合區區事實彼豈暇計無論夜半是非即鍾声聞否未可知也

楓橋夜泊

月落烏啼霜滿天江楓漁火對愁眠姑蘇城外寒山寺夜半鐘聲到客船 桂天祥曰詩雖敲之恐傷氣

王建

江陵使至汝州

回看巴路在雲間寒食離家麥熟還日暮數峰青似染商人說是汝州山

盧綸

第二句與盧綸語意同盧更勝

山行

登登山路何時盡決決溪流到處聞風動葉聲山犬吠幾家松火隔秋雲

杜牧

山行

遠上寒山石逕斜白雲深處有人家停車坐愛楓林晚霜葉紅於二月花

皇甫冉

次句是實事上用功洗練

此識唐之似中唐者亦自雄渾不全

江行

蠻歌豆蔻北人愁松雨蒲風野艇秋浪起鵁鶄眠

不得寒沙細細入江流

王昌齡

別李浦之京

故園今在灞陵西江畔逢君醉不迷小弟鄰庄尚

漁獵一封書寄數行啼

權德輿

引字味佳

對起無意為工

○舟行夜泊

蕭蕭落葉送殘秋寂寞長江急暝流今夜不知何處泊斷猿晴月引孤舟

柳宗元

詔赴都下二月至灞陵

十一年前南渡客四千里外北歸人詔書許逐陽和至驛路花開處處新

司空圖

末句不言思鄉而鄉思自濃

桂天祥曰沅湘佳便如何如此看方見詩妙處

自河西歸山

水濶風輕去路危孤舟欲上更遲遲鶴羣長繞三
珠樹不借閒人一隻騎

○出關漫書

長擬求閒未得閒又勞行役出秦關逢人漸覺鄉
音異惟恨鶯聲似故山 作一作却々字妙

戴叔倫

○湘江即事

秦少游謫郴州有詞云郴江幸自遶郴山爲誰流下瀟湘去正用此意

盧橘花開楓葉衰出門何處望京師沅湘寂寂東流去不爲愁人住少時 雅調點拈

張籍

蠻中

瘴水蠻煙入洞流人家多住竹棚頭一山海上無城郭惟見松牌記象州

戎昱

移家別湖上亭

末二句言禽鳥猶知惜別而所居交情亦良薄矣與杜子美岸花飛送客檣燕語留人皆風刺深厚意在言外

好是春風湖上亭，柳條藤蔓繫離情。黃鸝久住渾相識，欲別頻啼四五聲。婉婉有情

顧況

憶故園

惆悵多山人復稀，杜鵑啼處淚霑衣。故園此去千餘里，春夢猶能夜夜歸。

補遺

李白

蔣仲舒曰末句結上皇少帝兩意高妙

轉句與權德輿詩同權落句勢岑落句勝

上皇西巡南京歌

劍閣重關蜀北門上皇歸馬若雲屯少帝長安開紫極雙懸日月照乾坤

岑參

磧中作

走馬西來欲到天辭家見月兩回圓今夜不知何處宿平沙萬里絕人煙

王周

蔣仲舒曰此等用事乃得趣

宿疎陂驛

秋染棠梨葉半紅荆州東望草平空誰知孤宦天涯意微雨瀟瀟古驛中

無名氏

初過漢江

襄陽好向峴亭看人物蕭條值歲闌爲報習家多置酒夜來風雪過江寒

後之伏鉞臨戎者讀曹陳二詩而不動心是無人心也

桂天祥曰立意千古潸淚

楊用脩曰賈捐之羅珠崖疏李華弔古戰場文全用其語意總不若此詩

征戍

曹松

己亥歲時黃巢亂江淮

澤國江山入戰圖、生民何計樂樵蘇。憑君莫話封侯事、一將功成萬骨枯。

陳陶

隴西行 桂天祥曰意進

誓掃匈奴不顧身、五千貂錦喪一作走胡塵。可憐無定河

一變而妙真奪胎換骨矣

日益美曰于鱗選唐絶取王昌齡秦時明月為第一于鱗意止擊節秦時明月四字耳必欲壓卷還當于王翰葡萄美酒與王之渙涼州詞二詩中求之

蔣仲舒曰他人只說閨思已足此更深一層

邊骨猶是春閨夢裏人 可泣鬼神

王之渙

涼州詞 楊用脩曰此詩言恩澤不及於邊塞所謂君門遠於萬里也

黃河遠上白雲間一片孤城萬仞山羌笛何須怨（下字新）

楊柳春光不度玉門關

岑參

首蓿峰頭寄家人

首蓿峰頭送立春葫蘆河上淚霑巾閨中只是空

真情實歷苦語

桂天祥曰風格絕絕虛人塞下諸作爲第一

相憶不見沙場愁殺人

李白

從軍行

百戰沙場碎鐵衣城南已合數重圍突營射殺呼延將獨領殘兵千騎歸

嚴武

邊城早秋（邊一作軍）

昨夜秋風入漢關朔雲邊月滿西山更催飛將追

田子執曰氣概雄壯語時奇色

謝茂秦曰盧弼和李秀才邊庭四時怨絕似太白絕句

桂天祥曰音婉但傷氣

袁中郎曰應字有懸意用空字則新然矣

桂天祥曰雄氣格次三戍漁陽首

驕虜莫遣沙場匹馬還

盧弼

邊城春怨 胡元瑞曰邊庭四時怨語意新奇韻格超絕與盛唐高手無疑

春衣昨夜到榆關故國煙花想已殘少婦不知歸未得朝朝應上望夫山

張仲素

塞下曲

陰磧茫茫塞草腓桔槔原上暮煙飛交河北望天

王元美曰可憐無定河邊骨猶是深閨夢裡人用意工妙可謂絕唱惜為前二句所累筋骨畢露令人厭憎葡萄美酒一絕便是無瑕之璧盛唐地位不凡乃爾

謝疊山曰言北邊戍役凄涼此詩極矣

連海蘇武曾將漢節歸

王翰

涼州詞

葡萄美酒夜光杯欲飲琵琶馬上催醉卧沙場君莫笑古來征戰幾人回 語意遠乃得雋永

柳談

涼州詞

關山萬里遠征人一望鄉關淚滿巾青海城頭空

東巡一歌太白坐
此幾於不免則詩
亦作祟哉

有月黄沙磧裏本無春

李白

永王東巡歌

永王正月東出師天子遥分龍虎旗樓船一舉風
波静江漢翻爲鴈鶩池

其二

雷鼓嘈嘈喧武昌雲旗獵獵過潯陽秋毫不動三
吳悦春日遥看五色光

桂天祥曰自負

其三

二帝巡遊俱未回五陵松栢使人哀諸侯不救河南地更喜賢王遠道來

其四

三州北虜亂如麻四海南奔似永嘉但用東山謝安石爲君談笑靖胡沙

其五

丹陽北固是吳關畫出樓臺雲水間千巖烽火連

太白荆門詩布帆無恙挂秋風此云長風挂席每用挂字兩々得趣

調逸

滄海兩岸旌旗繞碧山

其六

長風挂席勢難迴海動山傾古月摧君看帝子浮江日何似龍驤出峽來

其七

試借君王玉馬鞭指麾戎虜坐瑠璃筵南風一掃胡塵靜西入長安到日邊

岑參

胡元瑞曰自少陵絕句對結詩家率以半律譏之然絕句自有此體特杜非當行耳如此篇丈夫鵲印摇邊月大將龍旗掣海雲下篇洗兵魚海雲迎陣秣馬龍堆月照營皆雄渾高華後咸取法即半律何傷

獻封大夫破播仙凱歌

官軍西出破樓蘭營幙旁臨月窟寒蒲海曉霜凝馬尾蔥山夜雪撲旗竿

其二

鳴笳疊鼓擁廻軍破國平羌昔未聞丈夫鵲印摇邊月大將龍旗掣海雲

其三

日落轅門鼓角鳴千羣面縛出龍城（龍一作蕃）洗兵魚海雲

極寫靖邊之功不
減色相

迎陣秣馬龍堆月照營雄壯之語是張丞軍

常建

邊曲

玉帛朝回望帝鄉烏孫歸去不稱王天涯盡處無

征戰兵氣銷爲日月光

姚合

邊詞

將軍作鎮古汧州水膩山春節氣柔清夜滿城絃

謝疊山曰此頌邊城賢守之德政尊于形容有風人法度

蔣仲舒曰三首各一意結
桂天祥曰起要壯後斷的傷神

管沸行人不信是邊頭

補遺

王昌齡

從軍行

烽火城西百尺樓黃昏獨立海風秋更吹羌笛關山月無奈金閨萬里愁

其二

青海長雲暗雪山孤城遥望玉門關黃沙百戰穿

秦時明月一首用脩于鱗謂為唐絕第一愚謂王之與涼州詞神骨聲調當為伯仲青蓮洞庭西望氣概相敵茅李詩作于淪落其氣沉鬱少伯代邊帥自負語其神氣飄爽耳

邊塞陰風慘烈景色獨此詩寫出

金甲不破樓蘭終不還

其二楊用脩曰秦時明月四字橫空盤硬語也蓋言秦時築邊征尚未設關但在明月之地猶有行役不踰時之意漢則設關而戍守之無有還期矣

秦時明月漢時關萬里長征人未還但使龍城飛將在不教胡馬度陰山王元美曰于鱗言唐絕當以此詩壓卷余始不信以少伯集中有極工妙者既而思之以有意無意可解不可解求之未免此詩居一

常建

塞下曲

北海陰風動地來明君祠上望龍堆髑髏皆是長城卒日暮沙場飛作灰儆黷武之意隱然

桂天祥曰刺倖調好

唐人咏邊塞率皆戍役愁苦不同代邊帥自負猶此詩有諷刺有關係

忍日落星明詩自添寵

張籍

涼州詞

鳳林關裏水東流白草（草一作華）黃榆六十秋邊將皆承主恩澤無人解道取涼州（將不效力不嫚直致）

張子容

水調歌第一疊

平沙落日大荒西隴上明星高復低孤山幾處看烽火戰士連營候鼓鼙

蔣仲舒曰塞上詩多矣此二首最峻拔

王烈

塞上曲

紅顔歲歲老金微沙磧年年臥鐵衣白草城中春不入黃花戍上雁長飛

對法好

其二

孤城夕對戍樓閒迴合靑冥萬仞山明鏡不須生白髮風沙自解老紅顔

張敬忠

人多說邊景之苦而此詩想到長安思更深苦

隴水歌曰隴頭流水鳴聲嗚咽遙望秦川肝腸斷絕盧詩本此

邊詞

五原春色舊來遲二月垂楊未掛絲即今河畔冰開日正是長安花落時 蔣仲舒曰說得苦寒出

盧弼

和李秀才邊庭四時怨

八月霜飛柳遍黃蓬根吹斷雁南翔隴頭流水關山月泣上龍堆望故鄉 景既凄厲安得不起故鄉之思

李東陽曰子美漫興諸絶有古竹枝意趺宕奇古超出詩人蹊經

寫懷

杜甫

漫興

二月巳破三月來漸老逢春能幾迴莫思身外無窮事且盡尊前有限盃

其二

手種桃李非無主野老墻低還是家恰似春風相欺得夜來吹折數枝花

少陵絶句古意黯然風格矯健其用字奇崛朴健亦與盛唐諸家不同如此詩中惱不得即欲死走覓便數層疊之影是也

其三

眼見客愁愁不醒無賴春色到江亭即遣花飛深造次便教鶯語太叮嚀

江畔獨步尋花

江上被花惱不得無處告訴只顛狂走覓南隣愛酒伴經旬出飲獨空牀

其二

不是見花即欲死只恐花盡老相催繁枝容易紛

紛落嫩蘂商量細細開

其三

東望少城花滿煙百花高樓更可憐誰能載酒開金盞喚取佳人舞繡筵

韓愈

遣興

斷送一生惟有酒尋思百計不如閒莫憂世事兼身事須着人間比夢間

此詩昌黎有激而作

末二句與杜少陵短衣匹馬隨李廣看射猛虎終殘年皆抑鬱無聊之[illegible][illegible]風[illegible][illegible][illegible]不了

末二句風刺[illegible][illegible]似指世變波靡不能自拔者

司空圖

脩史亭

烏紗巾上是青天，檢束酬知四十年。誰料平生臂鷹手，挑燈自送佛前錢。

杜牧

齊安郡中偶書

兩竿落日溪橋上，一縷輕煙柳影中。多少綠荷相倚恨，一時回首背西風。

劉會孟曰其情景自不可堪

蔣仲舒曰此詩予與劉交集

柳宗元

柳州二月偶書

宦情羈思共淒淒春半如秋意轉迷山城雨過百花盡榕葉滿庭鶯亂啼

劉禹錫

元和甲午詔徵江湘逐客予自武陵赴京宿於都亭有懷續來諸君子

雷雨江湘起臥龍武陵樵客躡仙蹤十年楚水楓

飄泊二字殊有深宗無為白馬之詞

林下今夜初聞長樂鐘

温庭筠

車駕西巡因而有感

宜曲長楊瑞氣凝上林狐兔待秋鷹誰將詞賦陪
雕輦寂寞相如卧茂陵

羅隱

偶與

逐隊隨行二十春西江池畔避車塵如今嬴得將

擬名士作也

爲仲舒曰不言放系句法字法皆妙

爲仲舒曰前首妄在此後首妄在收

衰老閒看人間得意人

補遺

賈至

春思

草色青青柳色黃桃花歷亂李花香東風不爲吹
愁去春日偏能惹恨長

其二

紅粉當壚弱柳垂金花臘酒解酴醾笙歌日暮能

各有巧思

桂天祥曰句佳但新變少氣只一句寫愁

畱容醉殺長安輕薄兒、

陳祐 正聲作無名氏

雜詩

無定河邊暮笛聲赫連臺畔旅人情函關歸路千餘里一夕秋風白髮生

崔惠童

宴城東莊

一月主人笑幾回、相逢相值且銜杯、眼看春色如

並世未嘗之才第世主不能網羅索槃多槁岩穴近世用士專崇甲科其網羅之者制義耳曲士偽工綴宏才每拙浮詞豪傑所由羅羅國家網漏緩急誰與此詩意有感云

流水今日殘花昨日開

陳陶

閒居雜興

一顧成周力有餘白雲閒釣五溪魚中原莫道無麟鳳自是皇家結網疎

此近中唐

功臣之甫未寒而子孫不保愈家廬之德亦深長宜乎諸將銅體而河北之賊終不可收拾也予讀此三詩誠而書於此

悲感

趙嘏

經汾陽王舊宅 杜天祥曰多少功業在此非此詩不能為之悼痛

門前不改舊山河，破虜曾輕馬伏波。今日獨經歌舞地，古槐疎冷夕陽多。 徐子擴曰獨字為詩眼言生前祗止一人來也可見榮華反掌

張籍

法雄寺東樓書感 汾陽王宅德宗時廢為寺

汾陽舊宅今為寺，猶有當時歌舞樓。四十年來車

馬客古槐深巷暮蟬愁

竇牟

奉誠園聞笛　奉誠園北平王馬燧之宅德宗以佐時將帥甲第奢僭命其子暢獻爲園

曾絕朱纓吐錦茵欲披荒草訪遺塵秋風忽灑西園淚滿目山陽笛裏人

劉長卿

家園瓜熟是故相蕭公所遺種淒然感舊因賦此詩

湯東澗雜於武穆用語淒切

林天祥曰末捺句刻痛

事去人亡跡自留黃花綠蒂不勝愁誰能更向青門外秋艸茫茫見故侯

張籍

哭孟寂

曲江院裏題名處十九人中最少年今日風光君不見杏花零落寺門前

韓愈

題蕭二兄舊堂

劉會孟曰可識

中郎有女能傳業、伯道無兒可保家、偶到匡山曾住處幾行哀泪落烟霞、

温庭筠

過故袁學士居

劒逐驚波玉委塵、謝安門下更何人、西州城外花千樹盡是羊曇醉後春、

鄭谷

經賈島墓

與歌者詩并此詩俱善不言情

謝疊山曰不言無言無多此詩人巧處

聲存人減無限傷心

水繞荒墳縣路斜耕人訝我久咨嗟重來兼恐無
尋處落日風吹鼓子花

劉禹錫

聽舊宮人歌

曾隨織女渡天河記得雲間第一歌休唱貞元供
奉曲當時朝士已無多

韓偓

襄陽道中軍後有感

皇甫子循曰樂天歌舞教成心力費一朝身去不相隨與此末二句並足興慨

水自潺湲日自斜盡無雞犬有鳴鴉千村萬落如寒食不見人煙空見花

司空曙 文苑以為韓偓作

病中遣妓

萬事傷心在目前一作對管弦一身顦顇對花眠一作含悽而春烟黃金用盡教歌舞留與他人樂少年 可為意荒者戒

謝疊山曰後二句理到之言

劉會孟曰反語謂世道不公負此隱者

直俚

岑寂可想

楊用脩曰絕句有四句皆對者唐絕萬首惟韋應物寔

隱逸

許渾 絕句選作杜牧

送隱者

無媒徑路草蕭蕭，自古雲林遠市朝。公道世間惟白髮，貴人頭上不曾饒。

劉長卿

過鄭山人居

寂寂孤鶯啼杏園，寥寥一犬吠桃源。落花芳艸無

王維及此首絕妙
蓋字句陪對意則
一貫也

但不是盛唐

尋處萬壑千峰獨閑門 桂天祥曰詩思謙洮

李商隱

訪隱者不遇

城郭休過識者稀哀猨啼處有柴扉滄江白石漁
樵路日暮歸來雨滿衣

韋應物

休日訪人不遇

九日馳驅一日閑尋君不遇又空還怪來詩思清

落句入畫

人骨門對寒流雪滿山

雍陶

西城訪友人別墅

澧水橋邊小路斜日高猶未到君家村園門巷多相似處處春風枳殼花

顧況

中山

野人自愛山中宿況是葛洪丹井西庭前有箇長

徐子擴曰既有長松可觀又有子規

可強皆榮第二句貫下益存靜寂之性況得景物之奇情與景會所以為勝

意新

末二句無情歡生有情

桂天祥曰山人林泉氣象是如此

松樹夜半子規來上啼

薛能

老圃堂

邵平瓜地接吾廬穀雨乾時偶自鋤昨日東風欺不在就牀吹落讀殘書

韓翃

送齊山人

舊事山人白兔公棹頭歸去又乘風柴門流水依

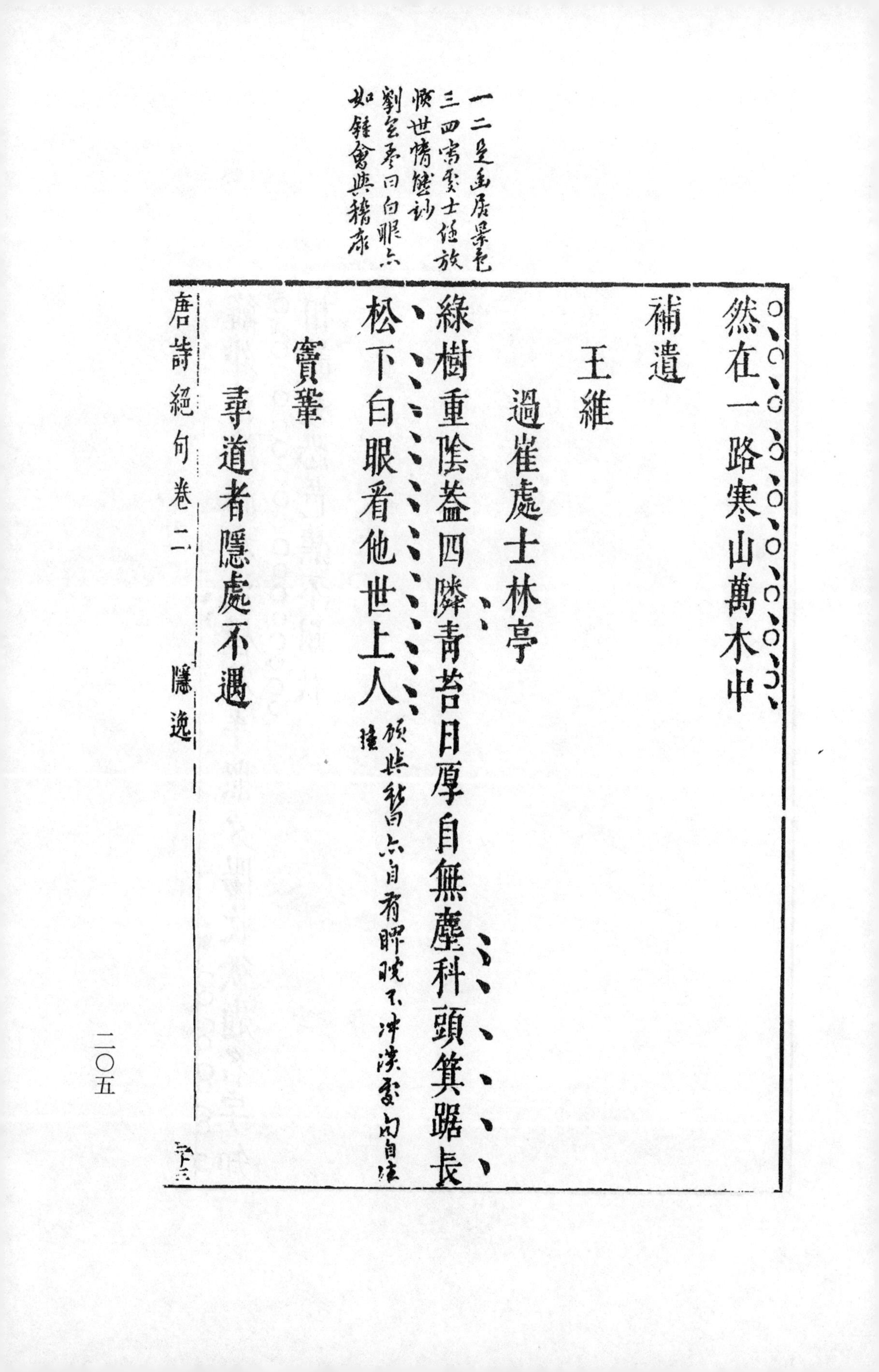

一二是畫居景色三四寫處士任放傲世情態妙劉會孟曰白眼亦如鍾會與嵇康

然在一路寒山萬木中

補遺

王維

過崔處士林亭

綠樹重陰蓋四隣青苔日厚自無塵科頭箕踞長松下白眼看他世上人

頗與詩旨亦自有睥睨不冲淡處而自佳 擡

實筆

尋道者隱處不遇

籬外涓涓澗水流、槿花半照夕陽收、欲題名字知
相訪又恐芭蕉不耐秋

宮詞

唐人作宮詞或賦事或抒情或寓風刺或其人負才負志不得于君流落羈托此自況若概以悲歡之則失風人之意矣

吳融

華清宮詞

謝疊山曰知華清之暖不知外邊之寒士怨民怨軍無唱不顧刺矣詩人詞在言外

四郊飛雪暗雲端
惟此宮中落便乾
綠樹碧簷相掩映
無人知道外邊寒

嘗愛謝疊山蠶婦吟子規啼徹四更時起視蠶稠怕葉稀不信樓頭楊柳月玉人歌舞未曾歸合而觀之深宮之暖不知外邊之寒美人之樂不知蠶婦之苦詞不迫切而意獨深得風人之體

裴交泰

長門怨

此交泰下第時所作蓋以自喻

自閉長門經幾秋
羅衣濕盡淚還流
一種蛾眉明

謝疊山曰此詩說一生不蒙寵幸少作六一夕之會亦不可得怨而不怒真風人之旨落句即牛女會合之難見君上恩遇之難蓋自況也

徐子擴曰暫字又字音切想意自深

月夜南宮歌管北宮愁

杜牧 三體作王建 楊升庵曰此的是牧之作蓋王建宮詞宋南渡後失去七首好事者妄取此補之

天街秋夕

銀燭秋光冷畫屏，輕羅小扇撲流螢。天街夜色涼如水，臥看牽牛織女星。徐子擴曰後二句措意深遠

宮怨

監宮引出暫開門，隨例須一作隨朝不是恩。銀鑰却收金鎖合，月明花落又黃昏。

此詩末二句詩家翻案法凡用故實當如此則能化陳腐為新奇如披翦題范蠡泛舟圖功成不受上將軍一舸東游笑聲雲載去西施豈無意恐留傾國更迷君松雪題秋胡戲妻圖相逢桑下說黃金料得秋胡用計深不是別來渾未識黃金聊試別來心亦此法也蓋崔詩是翻案入罪此二詩是翻案出罪

崔道融

長門怨

長門花立一枝春爭奈君恩別處新錯把黃金買詞賦相如自是薄情人

李白

清平調詞 葉仲舒曰想、妙難以形容也次句下得陡健令人不知

雲想衣裳花想容春風拂檻露華濃若非羣玉山頭見會向瑤臺月下逢

以巫山妖夢昭陽禍水入調蓋風之也

敬賢必遠色明皇釋恨惟在玉環則張九齡韓休輩不容不遠矣

梅禹金曰長門怨蕭詮以戲明皇廢王后作然此或自寃耳

其二

一枝穠豔露凝香雲雨巫山枉斷腸借問漢宮誰得似可憐飛燕倚新粧

其三 蔣仲舒曰畫出媚態

名花傾國兩相歡常得君王帶笑看解釋春風無限恨沉香亭北倚闌干

長門怨

天迴北斗挂西樓金屋無人螢火流月光欲到長

非月可愁見月若
自愁

無聲調

雖存事實有識
者此所謂具久見
者也

謝疊山曰說到落
花氣象便蕭索物
此詩說歸結子覺
有寓意都在宮嬪
顏色上論可言会
自怨其初心不以
怨君忠厚之至王
荊公甚愛此詩

門殿別作深宮一段愁

王建

宮詞

金殿當頭紫閣重仙人掌上玉芙蓉太平天子朝
元日五色雲車駕六龍

其二

樹頭樹底覓殘紅一片西飛一片東自是桃花貪
結子錯教人恨五更風

桂天祥曰刺倖此識漢武徒事神仙簡棄儒賢之意

其三

避暑昭陽不擲盧，井邊含水噴鵶雛。內中數日無呼喚，搨得滕王蛺蝶圖。

李商隱

漢宮詞

青雀西飛竟未回，君王常在集靈臺。侍臣最有相如渴，不賜金莖露一杯。

蔣仲舒曰望幸之情良然

宮詞

末二句托喻君恩不可恃者由君側有讒人也人臣以寵利居成功者觀此亦可省哉

不老成

鸚鵡比宮中讒妬之女

君恩如水向東流得寵憂移失寵愁莫向尊前奏
花落涼風只在殿西頭

朱可久

宮詞

寂寂花時閉院門美人相對立瑣軒含情欲說宮
中事鸚鵡前頭不敢言

補遺

李白

桂天祥曰全首不言怨末句怨而復怨

胡元瑞謂李寫景入神王言情造極予謂宮怨之作主于抒情要在情景融合二人各盡其妙第太白未盡諧中王意全篇耳

胡元瑞曰江寧長信詞西宮曲青樓曲閨怨從軍行皆優柔婉麗如清廟朱弦一唱三歎

長門怨

桂殿長愁不記春黃金四屋起秋塵夜懸明鏡青天上獨照長門宮裡人

王昌齡

西宮春怨 桂天祥曰情思容冶中間多少怨恨與西宮秋怨作俱盛唐佳製

西宮夜靜百花香欲捲珠簾春恨長斜抱雲和深見月朦朧樹色隱昭陽

西宮秋怨 元瑞又曰五言絕唐樂府多法六朝七言亦有作樂府者如太白橫江詞等尚是古詞王少伯宮詞方無六朝

楊用脩曰司馬相如長門賦懸明月以自照兮徂情於丁洞房此用其語如李光弼將子儀之師精神十倍矣

芙蓉不及美人粧水殿風來珠翠香却恨含情掩秋扇空懸明月待君王水殿句好

李建勳

宮詞

宮門長閉舞衣閒略識君王鬢巳斑却羨落花春不管御溝流得到人間

無名氏

第五疊即水調歌

三四喻己爭秉正捐身豈可媚权倖以為富貴自昔端人正士志釋此詩寻昭飜考有蘇軾宮詞云玉顏婷婷入漢宮深處孤負春東風笙歌一任承恩澤蓄把金錢買画工真此詩同意

千年一遇聖明朝、願對君王舞細腰、乍可當熊任生死、誰能伴鳳上雲霄、

柯宗

玉堦怨

塵滿金爐不炷香、黄昏獨自立空廊、笙歌有處承恩澤、一一隨風入上陽

唐詩絕句類選卷三目

宮詞下

劉長卿

昭陽曲

王昌齡

春宮曲

長信宮詞

薛能

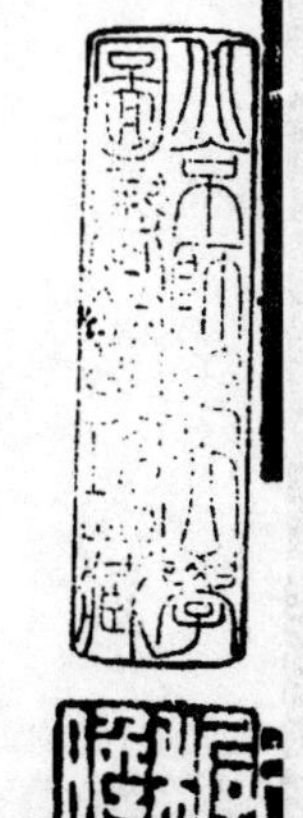

吳姬

長孫翱

宮怨

司馬禮

宮怨

李端

長信宮詞

王貞白

折楊柳宮詞

其二　其三

閨情

王昌齡

閨怨

張潮

江南行

王駕

古意

張仲素

秋閨思

補遺

劉禹錫

浪淘沙詞

劉方平

春怨

王勃

九日蜀中作

高適

除夕

韋應物

寒食寄京師諸弟

唐彥謙

寒食夜

秋思

李商隱

月夕

昨夜

王建

十五夜月

高蟾

春

李羣玉

南庄春晚

錢起

暮春歸故山草堂

韋莊

搖落

王駕

雨晴

高駢　山亭夏日

補遺

于鵠　襄陽寒食

韓滉　晦日

雜詠

嫦娥

元稹

劉阮天台

李白

橫江詞

客中行

温庭筠

瑶瑟怨

王昌齡
青樓怨
青樓曲
其二
李羣玉
黄陵廟
劉禹錫
竹枝詞

其二

其三

堤上行

白居易

竹枝詞

李渉

竹枝詞

杜牧

江南春

韋莊

江南春

杜甫

春水生

李白

巫山枕嶂

杜牧

漢江

王維

戲題盤石

韓偓

野塘

吴融

秋色

羅鄴

李益

聽曉角

春夜聞笛

夜上受降城聞笛

夜上西城聽唱梁州曲

武元衡

聞角

郎士元

香山館聽子規

李商隱

槿花

劉禹錫

楊柳枝

其二

薛能

楊柳枝

少年行

張仲素

漢苑行

杜牧

聞角

羊士諤

夜宴出妓

郡中即事

李約

觀祈雨

白居易

楊柳枝

韓熙載

書歌姬泥金雙帶

道釋

劉禹錫

再遊玄都觀

顧况

葉道士山房

許渾

緱山廟

鮑德源

贈楊煉師

熊儒登

䞇㞾

靈巖寺

李渊

送三藏歸西域

鄭谷

贈日東鑒禪師

杜牧

醉後書寺壁

補遺

宿未央是提綱下云昨夜未央宮中衣物

末二句云宮宗亦用一番人其物具

唐詩絕句類選卷三

宮詞下

劉長卿

昭陽曲

昨夜承恩宿未央羅衣猶帶御爐香芙蓉帳小雲屏暗楊柳風多水殿涼

王昌齡

春宮曲一作殿前曲

楊用脩曰此用趙飛燕事以開元未納玉環時借漢為喻也

異數類以此嗚呼歌舞若進則脫簪待罪者至矣故只自扣遇自古為難

此篇固雅終是瑟字較不及西宮春怨佳

喻孤忠者反不如鄙夫容悅獲被恩私覆生有之鏌鋣為鈍鉛刀為銛蓋謂此耶

此似王建宮詞是大拙不俗時所作益翁早負才藻

昨夜風前露井桃未央宮（宮作前）殿月輪高平陽歌舞新承寵簾外春寒賜錦袍 桂天祥曰托興爾雅驕貴無復過上二句興下二句

長信宮詞 余子俊曰得小弁擬怨不怒之情

奉帚平明金殿開且將團扇暫徘徊玉顏不及寒鴉色猶帶昭陽日影來

薛能

吳姬

自是三千第一名內家叢裡獨分明芙蓉殿上中

之盛生料沉淪至此而不平之意隱然言外

此因明皇在南內淒涼苟活有感而作

李建勳有云却羨落花春不管御溝

元日水拍銀盤弄化生

長孫翺

宮怨

一道甘泉繞御溝上皇行處不曾秋誰言水是無（繞一作擁）
情物也到宮前咽不流

司馬札

宮怨

柳色參差掩畫樓曉鶯啼送滿宮愁年年花落無

流出到人間與此柴二句俱有情思

桂天祥曰氣象渾成絶處極有味見人承寵而隨分獨眠乃國風寔命不猶之旨蓋吟小人乃志君子宜靜以觀之

人見空逐春泉出御溝 柔紆寬緩

李端

長信宮詞

金壺漏盡禁門開飛燕昭陽侍寢回隨分獨眠秋殿裏遥聞笑語自天來

王貞白 絶句選作段成式

折楊柳宮詞

謝疊山曰怨而不怒

枝枝交影鎖長門嫩色曾霑雨露恩鳳輦不來春

譏當日楊柳曾與攀折之寵尚且泣雨傷春翠黛殘臣子受恩者當何如

托喻者重會不見寵々日天子蒙于巡狩不盖傷之也

欲暮空聞鶯語到黄昏

其二

嫩葉初齊不耐寒和風時拂玉闌干君王去日曾攀折泣雨傷春翠黛殘

其三

水殿年年占早芳柔條偏惹御爐香如今萬乘多巡狩輦路無陰綠艸長

劉會孟曰淺而近宮詞閨怨作者多矣未有如此篇与青樓曲雍容渾含明白簡易真有雅音絶句中絶品也

閨情

王昌齡

閨怨　蔣仲舒曰不知忽見悔教有轉折是章法

閨中少婦不曾愁春日凝粧上翠樓忽見陌頭楊柳色悔教夫壻覓封侯

謝疊山曰唐人有詩將此曲末句云去願車輪遲回思馬蹄速便令在家相對貧不願天涯金繞身亦此意

張潮

江南行

茨菰葉爛別西灣蓮子花開猶未還妾夢不離江

昔人有寄衣詩云寄到玉關應万里征人猶在玉關西与此詩俱婉逦沉着

胡元瑞曰江寧之後張仲素得其遺響秋閨塞下諸曲俱工

上水人傳郎在鳳凰山

王駕

古意

夫戍蕭關妾在吳西風吹妾妾憂夫一行書信千行淚寒到君邊衣到無

張仲素

秋閨思

碧窗斜月藹春輝愁聽寒螿淚濕衣夢裡分明見

中山浪淘沙五首
此獨佳予觀牡丹
有懷主人一絕云
春去幾度牡丹開
寂寂雕欄護翠苔
紫燕又看歸舊
壘主人何處不歸
來

關塞不知何路向金微 不怨不怒

補遺

劉禹錫

浪淘沙詞 蔣仲舒曰人情祇在口頭

鸚鵡洲頭浪颭沙青樓春望日將斜啣泥燕子爭
歸舍獨自狂夫不憶家

劉方平

春怨

紗窗日斂漸黄昏金屋無人見淚痕寂寞空庭春欲晚梨花滿地不開門

王偃

夜夜曲

北斗星移銀漢低班姬愁思鳳城西青槐陌上行人絕明月樓前烏夜啼

陳簡齋九日詩憶昔甲辰重九日天恩曾預宴城東記得壯望西風冷誰折黄花壽兩宮今觀之一般時思較一般時思尽忠學

時序

許敬宗

九日旅眺

九月九日眺山川，歸心歸望積風煙。他鄉共酌金花酒，萬里同悲鴻鴈天。

王維

九日憶山中兄弟　賓故難

獨在異鄉爲異客，每逢佳節倍思親。遥知兄弟登

惻怛良可風也

此對結體也家要熟否則半截詩矣

王元美曰首二句與于鱗爲一聲匯一杯同法而多有風致篋斂叠一年又爲一年春百歲曾無百歲人亦此法也調稍卑情稍襯

高處徧插茱萸少一人

寒食汜上作 桂天祥曰錢討偶盡未意只就此彼自是格

廣武城邊逢暮春汶陽歸客淚霑巾落花寂寂啼山鳥楊柳青青渡水人

王勃

九日蜀中作

九月九日望鄉臺他席他鄉送客杯人情已厭南中苦鴻雁那從北地來

此詩自為側答句已自淒絶後二句又說出轉淒絶之情客邊除夕怕誦此詩
胡濟鼎曰轉之一字喚起後二句應絶謹嚴一字不亂下如此

熊天祥曰寄興閒遠絶句尤有風

高適

除夕 蔣仲舒曰無數羈曲

旅館寒燈獨不眠，客心何事轉淒然。故鄉今夜思 徐子擴曰獨是他人不能轉若此常尤甚二字為詩眼

千里，霜鬢明朝又一年。音律稍似中唐但四句中意無窮是自高

韋應物

寒食寄京師諸弟

雨中禁火空齋冷，江上流鶯獨坐聽。把酒看花想

諸弟，杜陵寒食草青青。

唐彥謙 楊用脩曰唐彥謙絕句用事隱僻而諷喻悠遠似李義山首堪咏比之貫休胡曾輩天壤矣

寒食夜

清江碧草兩悠悠，各自風流一種愁。正是落花寒食雨，可憐無伴倚空樓。

張演

社日

鵞湖山下稻粱肥，豚柵雞塒對掩扉。桑柘影斜春社散，家家扶得醉人歸。

盡出太平氣象

桂天祥曰禁體不事雕琢語富貴閑雅自見

此詩淺淺語提筆便難前輩教人作絕句令誦三日入廁下洗手作羹湯未諳姑食性先遣小姑嘗打起黃鶯兒莫教枝上啼啼時驚妾夢不得到遼西盤松一似青松樹待我歸思記

韓翃

寒食

春城無處不飛花寒食東風御柳斜日暮漢宮傳
蠟燭輕烟散入五侯家 大家語

張籍

秋思

洛陽城裏見秋風欲作家書意萬重復恐匆匆說
不盡行人臨發又開封 太曠

得無曾在天台山上見石橋南畔第三枝皆自肺腑中流出無庸假斧鑿痕

桂天祥曰言悲婉可念

蔣仲舒曰撫京有嗟以見鬢而驚感耳與太白將進酒君不見高堂明鏡悲白髮朝如青絲暮如雪同意

春感

許渾

遠客悠悠任病身誰家池上又逢春明年各自東西去此地看花是別人盛唐張說有語

秋思

琪樹西風枕簟秋楚雲湘水憶同遊高歌一曲掩明鏡昨日少年今白頭

李商隱

翻空新意

月夕

草下陰蟲葉上霜朱闌迢遞壓湖光兎寒蟾冷桂花白此夜嫦娥應斷腸

昨夜

不辭鷃鴂妬年芳但惜流塵暗竹房昨夜西池涼露滴桂花吹斷月中香

王建

十五夜月

後二句言誰不賞景惟有愛恬淡者心与景会

徐子擴曰此亦對体後二句絶佳言人生不可惟憂困老

中庭地白樹棲鴉冷露無聲濕桂花今夜月明人盡望不知秋思在誰家

高蟾

春

明月斷魂清藹藹平蕪歸思綠迢迢人生莫遣頭如雪縱得春風亦不消

李羣王

南庄春晚

謝事歸來惟有竹陰此則可見人情物態大不好矣風韻全萬不讓色相較之識門户窗々稍幾箇來識深自是不同大抵風刺時予貴于溫柔若稍圭角便近無礙罵座放曼的香花詩不免種禍之語東坡咏檜詩不免詩案之禍也

草煖莎長望去舟，微茫煙浪接巴丘。沅湘寂寂春歸盡，水綠蘋香人自愁。

錢起

暮春歸故山草堂

谷口春殘黃鳥稀，辛夷花盡杏花飛。始憐幽竹山窗下，不改清陰待我歸。

桂天祥曰謝登山取此但氣格卑下

韋莊

揺落

搖落秋天酒易醒淒淒常似別離情黃昏倚柱不
歸去腸斷綠荷風雨聲

王駕

雨晴

雨前初見花間蘂雨後全無葉底花蛺蝶紛紛過
墻去却疑春色在鄰家

高駢

山亭夏日

四郎近作

綠樹陰濃夏日長樓臺倒影入池塘水晶簾動微風起滿架薔薇一院香

補遺

于鵠

襄陽寒食

煙水初銷見萬家東風吹柳萬條斜大堤欲上誰相伴馬踏春泥半是花

韓滉

楊用脩曰唐人以正月三十日為晦日君臣宴飲賦詩此詩在池州作也

晦日

晦日新晴春色色一作意嬌萬家攀折渡長橋年年老向江

城寺不覺春風換柳條

雜詠

杜甫

少年行

馬上誰家白面郎，臨堦下馬坐人牀。不通姓字麤豪甚，指點銀缾索酒嘗。

其二

巢燕養雛渾去盡，江花結子已無多。黃衫年少宜來數，不見堂前東逝波。

劉會孟曰語氣淺屬快活夢亦難忘

此喻良有風刺昔宋有翰林左遷初甚謁謁西樓退而嘆曰日日拜客始覺身是孫令蓋於此閑來勇勘破近時劉東山論戍遼陽

李白

少年行

五陵年少金市東，銀鞍白馬度春風。落花踏盡遊何處，笑入胡姬酒肆中。

劉得仁

舊宮人

白髮宮娥不解悲，滿頭猶自插花枝。曾緣玉貌君王寵，准擬人看似舊時。

色則我服孤僕便
自流既

饒空斷章
此從杜詩斟酌嫦
娥寡天寒奈九秋
變化出來

此與太白越中懷
古退之將助江濤
白舍人三詩皆以
後句轉合有抑揚
有開闔此格度詩
中不多得

李商隱

嫦娥

雲母屏風燭影深長河漸落曉星沉嫦娥應悔偷
靈藥碧海青天夜夜心

元稹

劉阮天台

芙蓉脂肉綠雲鬟圖畫樓臺青黛山千樹桃花萬
年藥不知何事憶人間

桂天祥曰風骨飄然是何等氣興何等音節反覆詠之令人悲慨

此喻世變之來君子當見幾而作以東京黨錮觀之申屠蟠徐孺子可以識此范孟博諸子竟蹈風波矣

桂天祥曰太白豪放此諸彷彿

蔣仲舒曰下語家又曰乃其本相故佳

李白

橫江詞 楊用脩曰古樂府烏棲曲採菱渡須擬黃河郎今欲渡畏風波太白以一句衍作二句絕妙

橫江館前津吏迎向予東指海雲生郎今欲渡緣何事如此風波未可行 范德機曰此篇氣格合歌行之風使人有無窮之思詩家非不能法視李杜自異

客中行

蘭陵美酒鬱金香玉椀盛來琥珀光但使主人能醉客不知何處是他鄉

溫庭筠

謝疊山曰鋪陳一時光景易無怨愴於枕冷衾寒獨寐寤歎之意在其中矣

楊用脩曰此咏游俠思佳有如此之夫有如此之婉念諷愁時意在言表

此是樂府體音律淒惋清暢

此二首音律雄渾句法清新可以閑習

瑶瑟怨

冰簟銀牀夢不成碧天如水夜雲輕鴈聲遠過瀟湘去十二樓中月自明

王昌齡

青樓怨

香幃風動花入樓高調鳴箏緩夜愁腸斷關山不解說依依殘月下簾鈎

青樓曲

桂天祥曰期門羽林豪氣正合此與娼婦對之極爲風韻

此純是樂府可觀

白馬金鞍從武皇，旌旗十萬宿長楊。樓頭小婦鳴箏坐，遥見飛塵入建章。

其二

馳道楊花夾（一作滿）御溝，紅粧縵綰入青樓。金章紫綬千餘騎，夫壻朝回初拜侯。

李羣玉

黃陵廟

黃陵廟前莎艸春，黃陵女兒茜裙新。輕舟短棹唱

竹枝絕唱後人莫力不逮
昔黃山谷云禹錫竹枝詞辭意高妙元和間誠可獨步比子美夔州歌同工而異曲也

歌去水遠山長愁殺人

劉禹錫

竹枝詞

山桃紅花滿上頭，蜀江春水拍山流。花紅易衰似郎意，水流無盡似儂愁。

其二

楊柳青青江水平，聞郎江上唱歌聲。東邊日出西邊雨，道是無情還有情。

其三

日出三竿煙霧消，江頭蜀客繫蘭橈。欲寄狂夫書一紙，家在成都萬里橋。

堤上行

江南江北望煙波，入夜行人相應歌。桃葉傳情竹枝怨，水流無限月明多。

白居易

竹枝詞

樂天竹枝詞皆學王維而音調迫促句法不清相去遠矣

桂天祥曰悲惋可誦可念

楊用脩曰十里鶯啼今本誤作千里

瞿塘峽口水煙低白帝城高月向西唱到竹枝聲咽處斷猿晴鳥一時啼

斷一作哀

李涉

竹枝詞

十二峰頭月欲低空舲灘上子規啼孤舟一夜東歸客泣向東風憶建溪

杜牧

江南春

千里鶯啼誰聽得千里綠映紅誰見得惟曰十里則諸景皆在目前

蔣仲舒曰結有餘恨

千里鶯啼綠映紅水村山郭酒旗風南朝四百八十寺多少樓臺煙雨中

韋莊

江南春（一作古別離）

晴煙漠漠柳毿毿不那離情酒半酣把玉鞭雲外指斷腸春色在江南

杜甫

春水生

一夜水高二尺强數日不敢更禁當南市津頭有船賣無錢即買繫籬旁

李白

巫山枕嶂

巫山枕嶂畫高丘白帝城邊樹色秋朝雲夜入無行處巴水橫天更不流

杜牧

漢江

劉會孟曰跌蕩野興甚濃景物会心處在乎無意相遭類如此

溶溶漾漾白鷗飛綠淨春深好染衣南去北來人自老夕陽長送釣船歸

王維

戲題磐石

可憐磐石臨泉水復有垂楊拂酒杯若道春風不解意何因吹送落花來

韓偓

野塘

侵曉乘涼偶獨來不因魚躍見萍開捲荷忽被微風觸瀉下清香露一杯

吴融

秋色

染不成乾畫未消霏霏拂拂又迢迢曾從建業城邊過蔓艸寒烟鎖六朝

羅鄴

看花

末二句正說愁多以孤負故園春色耳

徐子擴曰深得閑適之趣

幽興翛然

謝疊山曰此言人臣不可恃寵眷也春明門外即天涯句絕妙

花開只恐看來遲看了（看了一作及到）愁多未看時。家在楚鄉身在蜀一年春色負歸期。

韋莊

晏起

近來中酒起長遲臥看南山改舊詩閉戸日高春寂寂數聲啼鳥上花枝

劉禹錫

和令狐相公別牡丹

佳句還為千古絕臣去國放賓此即懼子所謂招门意于篇重

胡元瑞曰太白七言絕以楊花落盡子規啼朝辭白帝彩雲間天门中斷楚江開與此首真有梯仙八極凌厲九霄之氣賀監謂為謫仙不虛也

蔣仲舒曰無限羈情笛裡吹出詩中當出

平章宅裏一欄花臨到開時不在家莫道兩京非遠別春明門外即天涯

李白

春夜洛陽聞笛 蔣仲舒曰丁字下句饒極工妙

誰家玉笛暗飛聲散入春風滿洛城此夜曲中聞折柳何人不起故園情 桂天祥曰唐人作聞笛詩多有韻致此太白散逸瀟灑者不收見

與史郎中欽聽黃鶴樓吹笛 欽一作飲

一為遷客去長沙西望長安不見家黃鶴樓中吹

何茂秦曰太白此詩美截上二字語絕而意亦足太識精彩殊之声調非太白之作

桂天祥曰意惟句更渾涵必如此方是絕者

詩中有歸飛曲

玉笛江城五月落梅花

李益

聽曉角

邊霜昨日墮關榆吹角江城片月孤無限塞鴻飛不度西風吹入小單于（西一作秋）

春夜聞笛

寒山吹笛喚春歸遷客相看淚滿衣洞庭一夜無窮鴈不待天明盡北飛

王元美曰元和以後絶句李益為勝韓翃次之回樂峰一章何必王龍標李供奉

胡元瑞曰七言絶開元之下便當以李益為第一如從軍北征受降聞笛與此首皆可與太白龍標競爽非中唐所得有也

夜上受降城聞笛

回雁（雁一作樂）峰前沙似雪受降城上月如霜不知何處吹蘆管一夜征人盡望鄉

夜上西城聽唱梁州曲

鴻雁新從趙地來聞聲一半却飛迴金河戍客腸應斷更在秋風百尺臺

武元衡

聞角

何處金笳月裏吹，悠悠遠客夢先知。單于城上關山月，今日中原總解吹。

郎士元

聽鄰家吹笙

鳳吹聲如隔彩霞，不知墻外是誰家。重門深鎖無人到，疑有碧桃千樹花。

杜甫

宮池春雁

謝疊山曰：錢起、湘靈鼓瑟詩，人以爲神助。此詩高情逸興，似淡而濃，形容吹笙一段風景情思，句律極其工巧，不減錢起。

琴中有歸雁操
蔣仲舒曰下三句應首一句
桂天祥曰極佳後人更無此作要用意精深乃知良工心苦

青春欲盡急還鄉紫塞寧論尚有霜翅在雲天終不遠力微矰繳絕須防

錢起

歸雁

瀟湘何事等閒回水碧沙明兩岸苔二十五絃彈夜月不勝清怨却飛來 高[illegible]

杜荀鶴

新雁

可作子規謎讓字有味

末二句題外生色法凡咏物當參此

暮天新雁起汀洲紅蓼花疏水國秋想得故園今夜月幾人相憶在江樓

竇常

香山館聽子規

楚塞餘春聽漸稀斷猨今夕讓霑衣雲埋老樹空山裏彷彿千聲一度飛

李商隱

榿花

檃則托因物寓人事風刺悠遠如李景文詠白燕趙家姊妹多相妒莫向昭陽殿裡飛與陳后山詠桃花皆得此法

江總馮道亦嘗此詩

後二句托喻勞逸不均類如此

風露淒淒秋景繁可憐零落在朝昏未央宮裏三千女但保紅顏莫保恩

劉禹錫

楊柳枝

輕盈嫋娜占年華舞榭粧樓到處遮春盡絮飛留不得隨風好去入誰家

其二 謝疊山曰當公將相桃李必多一旦去國其門下士不相負者幾人故但曰惟有垂楊管別離婉得風人之旨

城外春風颺酒旗行人揮袂日西時長安陌上無

首句言御柳次句言官柳末二句言塞柳一柳也所植之地不同而榮枯迥然感傷深矣

窮樹只有垂楊管別離

薛能

楊栁枝楊用脩曰詩意言飾太平於京都而弛防守于邊塞首句本集作和花烟樹九重城雲作和花香雪三條作和風煙雨則非也

和風煙雨九重城夾路春陰十里營惟向邊頭不堪望一株顦顇少人行

韓愈

百葉桃花

百葉雙桃晚更紅窺窻映竹見玲瓏應知侍史歸

後一句無情態有情

近時楊基春草詩：六朝舊恨斜陽外，南浦新愁細雨中。意味尤不淺也。

天上故伴仙郎宿禁中

鄭谷

曲江春草

花落江堤簇煖烟，雨餘草色遠相連。香輪莫輾青青破，留與遊人一醉眠。

李商隱

無題

聞道閶門萼綠華，昔年相望尚天涯。豈知一夜秦

樓客偷看吳王內苑花

補遺

吳象之

少年行

承恩借獵小平津使氣常遊中貴人一擲千金渾是膽家無四壁不知貧

蔣仲舒曰此詩

張仲素

漢苑行

回雁高飛太液池新花低發上林枝年光到處皆堪賞春色人間總未知

杜牧

聞角

曉樓烟檻出雲霄回首林塘巳寂寥城角爲秋悲更遠護霜雲破海天遥

羊士諤

夜宴出妓

三四美人情態

末二句題外生意，與義山槿花同看

楊用脩曰：與聶夷中二絲五穀詩並觀，有三百篇意

玉顔紅燭忽驚春緩步淩波拂暗塵自是當歌斂眉黛不應惆悵爲行人

郡中即事

蔣春甫曰歎歎不在長篇只在刺心

紅衣落盡暗香殘葉上秋光白露寒越女含情已無限莫教長袖倚闌干

李約

觀祈雨

桑條無葉土生烟簫管迎龍水廟前朱門幾處貪

徐子擴曰識功世情

歌舞猶恐春陰咽管絃

白居易

楊柳枝

紅板江橋青酒旗館娃宮暖日斜時可憐雨歇東風定萬樹千條各自垂

韓熙載

書歌姬泥金雙帶

風柳搖搖無定枝陽臺雲雨夢中歸他年蓬島音

尘绝留取尊前旧舞衣

感刺時事全用比体

山房景況可掬

道釋

劉禹錫

再遊玄都觀

百畝庭中半是苔桃花淨盡菜花開種桃道士歸何處前度劉郎今又來一作又獨來

顧況

葉道士山房

水邊楊柳赤欄橋洞裏神仙碧玉簫近得麻姑書

謝疊山曰錢起湘靈鼓瑟詩曲終人不見江上數峯青青城道士影麻姑山詩一提安羅湯何處玉殿珠樓空月明與此皆慶相洲

又一首紫炬衣上繡春雲青隱山書小篆文明月在天將鳳管夜深吹向玉宸朝此曉應二

信否潯陽江上不通潮

許渾

緱山廟

王子求仙月滿臺玉簫清轉鶴徘徊曲中飛去不知處山下碧桃春自開

鮑德源

贈楊煉師

道士夜誦蕊珠經白鶴下繞香煙聽夜深經盡人

絶自妙

唐人詩亦有宋句以通篇觀之却是唐宋人詩亦有唐句以通篇觀之却是宋如此詩首句良似宋下三句宋人莫能得

上鶴天風吹入秋冥冥

熊儒登

贈山人

一見清容愜素聞有人傳是紫陽君來時玉女裁春服剪破湘山幾片雲

韓偓

寄隣庄道侶

聞說經旬不啟關藥𢉩誰伴醉開顏夜來雪壓前

縹某林[illegible]鑿痕甚淺再至寺作詩曰臺江之上憤峰寺三十年來兩度登老鶴尚存松露滴僧房不見舊時僧其後又至作詩曰涼生絕頂竹房開松鶴何年去不同唯有前峰明月在夜深空過半江來合三詩觀之良有感慨劉禹錫石頭城詩亦從此詩變化

谿竹剩見谿南幾尺山

任翻

題天台寺壁

絕頂新秋生夜涼鶴翻松露滴衣裳前峯月照半江水僧在翠微開竹房

徐子擴曰見幽寂之趣

李涉

鶴林寺僧舍

終日昏昏醉夢間忽聞春盡強登山因過竹院逢

此篇自近中唐又非莊語無覺也

徐子擴曰已惟雅之四字著之字眼發揮春晚甚妙寓愛惜人才之意

僧話又得浮生半日閒

春晚遊鶴林寺寄使君諸公

野寺尋花春已遲背巖惟有兩三枝明朝攜酒猶堪賞爲報東風且莫吹

趙嘏

靈巖寺

館娃宮畔千年寺水濶雲多客到稀聞說春來倍惆悵萬花深處一僧歸

李淵

送三藏歸西域

十萬里程多少難沙頭彈舌授降龍五天到日應頭白月落長安半夜鐘

鄭谷

贈日東鑒禪師

故國無心渡海潮老禪方丈倚中條夜深雨絶松堂靜一點山螢照寂寥

禪榻茶烟足清人悲

唐詩詠婦人大抵信言鶴

醉後書寺壁

䑨船一棹百分空十歲青春不負公今日鬢絲禪榻畔茶烟輕颺落花風

開元寺

松寺曾同一鶴棲夜深臺殿月高低何人爲倚東樓柱正是千山雪漲溪

韓偓

憶僧任

後二句正從西峰下禪之景妙絶

無事經年別遠公帝城鐘曉憶西峰爐烟消盡寒燈晦童子開門雪滿松

補遺

柳宗元

酧浩初上人欲登仙人山見貽

珠樹玲瓏隔翠微病來方外事多違仙山不屬分符客一任淩空錫杖飛

釋靈一

常雪句分明照出

僧院

虎溪閒月引相過帶雪松枝掛薜蘿無限青山行欲盡白雲深處老僧多

補唐詩絕句原序

幽不足動天地感鬼神明不足厚人倫移風俗刪
後眞無詩矣韓退之以三代文章自任詩則讓李
杜三百篇之後便有杜子美名言也唐人學子美
多矣無其志終無其聲音獨絕句情思幽妙可聯
轡齊驅於變風境上章泉澗泉二先生誨人學詩
自唐絕句始熟於此杜詩可漸進矣建安王道可
抗志力學不爲世所易問枋得曰葉水心湯文清

咸以章泉澗泉爲上饒師先生道德風操可得聞乎枋得畧説二先生選唐絶句與道可共觀其微言緒論關世道繫天運者甚衆何日從容爲子誦之廣信謝枋得君直序

補唐詩絶句卷四目

楊巨源

城東早春

賈至

送李侍郎赴常州

高蟾

下第上高侍郎

張籍

秋日北固望晚

與賈島同遊

劉禹錫

生公講堂

踏歌詞

楊柳枝詞初首

洛中春末送杜錄事

竇鞏

宮人斜

章碣

東都望幸

長孫輔

別友人

叚成式

折楊柳末詩

陸龜蒙

有別

浮萍

高駢

寫懷二首

吴融

華清宮詞初首

羅鄴

賞春

司空圖

讀史有感

唐彥謙

仲山

宋濟

東鄰美女歌

李九齡

山中寄故人

韋莊

金陵圖
鍾離先生
題道院
呂洞賓
黃鶴樓

謝疊山曰譏四皓一出而不還蕉隱

謝疊山曰人論項羽窮只言羽速亡之罪牧之獨言羽有可興之機此是死中求活亦不易得

許渾

題四皓廟

避秦安漢出藍關松桂花陰滿舊山自是無人有歸思白雲長在水潺潺

杜牧

烏江項羽廟

勝敗兵家不可期包羞忍恥是男兒江東子弟多

豪俊捲土重來未可知

李泌

魏簡能東遊

獻賦論兵命未通，却乘羸馬出江東，灞陵原上重回首，十載長安似夢中。

其二

燕市悲歌又送君，目隨征鴈過寒雲，郵亭宿處時看劍，莫使埃塵蔽斗文。

謝疊山曰：勸魏公當知命待時。

謝疊山曰：勉其堅志養氣，時時思立功名，不可與塵埃俱泯沒也。

三一六

謝疊山曰此谿友渼而情親

別南溪

如雲不厭蒼梧遠似雁逢春又北飛惟有隱山溪上月年年相望兩依依

楊巨源

城東早春

詩家清景在新春綠柳纔黃半未勻若待上林花似錦出門俱是看花人

賈至

此篇音律純熟語亦清宛可謂楷式

不須深語自露深情

桂天祥曰欽餞讀此令人沉痛與王維送元二詩同意王語覺勝

送李侍郎赴常州

雪晴雲散北風寒楚水吳山道路難今日送君須

盡醉明朝相望路漫漫

於生一作於惜

高蟾

下第後上高侍郎

天上碧桃和露種日邊紅杏倚雲栽芙蓉生在秋

江上不向東風怨未開

秋日北固晚望

謝疊山曰此詩妙在後二

澤國路岐當面苦江城砧杵入心寒不知白髮誰醫得爲問無情歲月看

張籍

與賈島同遊

水北原南草色新雪消風煖不生塵城中車馬應無數能解閒行有幾人

劉禹錫

生公講堂

桂天祥曰竹枝詞未必如此佳甚〻婦人唱男子曰歡謂己曰儂

生公說法鬼神聽身後空堂夜不扃高坐寂寥塵漠漠一方明月可中庭

蹋歌詞

春江月出大堤平堤上女郎連袂行唱盡新詞歡不見紅霞映樹鷓鴣鳴

楊柳枝詞

花萼樓前初種時美人樓上鬬腰肢如今抛擲長街裏露葉如啼欲恨誰

謝登山曰回首望勸其不忘招

海棠花原本作野棠也

洛中春末送杜錄事

尊前花下長相見明日忽爲千里人君過午橋回首望洛陽猶自有殘春

竇鞏

宮人斜

離宮路遠北原斜生死恩深不到家雲雨今歸何處去黃鸝飛上海棠花

章碣

謝疊山曰此聞知貢舉以私意取刑客以此諷之

謝疊山曰古詩云相思極處反相恨何似當初莫識君不如此詩之味更悠遠

東都望幸

懶修珠翠上高臺眉月連娟恨不開縱使東巡也無益君王自領美人來

長孫輔

別友人

愁多不忍醒時別想極還尋靜處行誰遣同衾又分手不知行路本無情

段成式

次句與东詩結多句俱千古情語謝疊山曰次句喊字妙亦似古詞不如飲待奴先醉圖得不知郎去时

折楊柳宮詞

陌上河邊千萬枝怕寒愁雨盡低垂黃金穟短人多折已恨東風不展眉

陸龜蒙

有別

且將絲線繫蘭舟酧下烟汀減去愁江上有樓君莫上落花隨浪正東流

浮萍

謝疊山曰綺字非亭巧曾見風吹萍池上方知其工侵亭巧獨々謂之毛段哉以爲縱數段綠萍重疊于沙上如綠罽之狀也

早來風約半池明，重疊侵沙綠罽成。不用臨池重
相笑，最無根蒂是浮名。

高駢

寫懷

漁竿消日酒消愁，一醉忘情萬事休。却恨韓彭與
漢室，功成不向五湖遊。

其二

花滿西園月滿池，笙歌摇曳畫船移。如今暗與心

謝疊山曰子美云花柳更無私只五字意盡包含此詩全首發明無餘蘊矣

杯約不動征旗動酒旗

吳融

華清宮初省

中原無鹿海無波鳳輦鸞旗出幸多今日故宮歸寂寞太平功業在山河

羅鄴

賞春

芳草和烟暖更青寒門要路一時生年年點檢人

間事惟有春風不世情

司空圖

讀史有感 别選作南北史有感

佳人自折一枝紅，把唱新詞曲未終。惟向眼前憐易落，不如抛擲任春風。

謝疊山曰：此謂梁武捨身入寺而作，用意深遠，人多不識。

唐彦謙

仲山

千載遺踪寄薜蘿，沛公鄉里漢山河。長陵亦是閒

徐子擴曰此用漢高帝對太上皇大日與仲孰多之言

丘隴異日誰知與仲多

宋濟

東鄰美女歌

花暖江城斜日陰鶯啼綉戶繞雲深春風不道珠（淡句）
簾隔傳得歌聲與客心

李九齡

山中寄故人

亂陰堆裏結茆廬已共紅塵跡漸疎莫問野人生

謝疊山曰三人皆神仙其詩之妙不学而能

計必窻前流水枕前書

尋莊

金陵圖

江雨霏霏江草齊六朝如夢鳥空啼無情最是臺城柳依舊煙籠十里堤

鍾離先生

題道院

莫惟追歡笑語頻尋思離亂可傷神閒來屈指從

頭數得到清平有幾人

呂洞賓

黄鶴樓

黄鶴樓前吹笛時白蘋紅蓼滿江湄憂情欲訴無人會只有清風明月知

唐詩絶句

總評

劉會孟曰絶句難作要一句一絶短語長事愈讀愈有味爲正

洪遂曰唐人以絶句名家者多矣其詞華而艷其氣深而長錦繡其言金石其聲讀之使人一唱而三嘆

李滄溟曰古樂府挾琴歌梁元帝烏棲曲江總怨

詩行等作皆七言四句唐人始穩順聲勢定爲

絕句

周伯弜曰絕句之法大抵以第三句爲主首尾率直而無婉曲異時所以不及唐也其法非惟久失其傳人亦解能知之以實事寓意而接則轉換有力若斷而續外振起而内不失於平妥前後相應雖只四句有含蓄不盡之意焉斯爲傑作耳

有虛接者謂第三句以虛語接前兩句也亦有語雖實而意虛者於承接之間畧加轉換反與正相依順與逆相應一呼一吸宫商自諧如用千鈞之力而不見形迹繹而尋之有餘味矣有前對者接句兼備虛實兩體但前句作對而其接處亦微有異焉相去僅一間特在乎稱停之間耳如盧綸山店云登登山路何時盡決決溪流到處聞風動葉聲山犬吠一家松火隔秋

雲

有後對者唐人用之亦少必使末句雖對而詞足意盡若未嘗對如劉長卿過鄭山人所居云寂寂孤鶯啼杏園寥寥一犬吠桃源落花芳草無尋處萬壑千峰獨閉門末句雖對而收意無遺也不然則如半截長律皚皚齊整畧無結合此荊公所以見誚於徐師川也

有拗體謂三句第二六字與次句第二六字平

仄相反也如柳宗元柳州二月云宦情羈思共淒淒春半如秋意轉迷山城過雨百花盡榕葉滿庭鶯亂啼城山二字平與半轉二字仄相反又王維陽關送别篇亦是拗體此體必得奇句可時出而用之不然便有失粘之誚矣

有用側體者其説與拗體相類然發興措辭則奇健長孫矣如長孫輔山家云獨訪山家歇還涉茅屋斜連隔松葉主人聞語未開門繞籬野

菜飛黃蝶涉葉蝶皆側韻而句中第六字皆不粘也

楊仲弘曰絕句之法要婉曲回環删蕪就簡句絕而意不絕多以第三句爲主而第四句發之有實接有虛接承接之間開與合相關反與正相依順與逆相應一呼一吸宮商自諧大抵起承二句固難然不過平直敘起爲佳從容承之爲是至於宛轉變化工夫全在第三句若於此轉

變得好則第四句如順流之舟矣

謝茂秦曰七言絶句盛唐諸公用韻最嚴大曆以下稍有旁出者作者當以盛唐爲法盛唐人突然而起以韻爲主意到辭工不假雕飾或命意得句以韻發端渾成無迹此所以爲盛唐也

詩有四格曰興曰趣曰意曰理太白贈汪淪曰桃花潭水深千尺不及汪淪送我情此興也陸龜蒙詠白蓮曰無情有限何人見月曉風清欲

墮時此趣也王建宮詞曰自是桃花貪結子錯敎人恨五更風此意也李涉上于襄陽曰下馬獨來尋故事逢人惟說峴山碑此理也悟者得之庸心以求或失之矣

楊升菴曰金鍼詩格云絕句者截句也四句不對者是截律詩首尾四句也四句皆對者是截律詩中四句也前對後不對者是截律詩後四句也後對前不對者是截律詩前四句也此言似

矣而實非也余觀玉臺新詠齊梁之間已有七
言絶句逈在七言律之先矣然唐人絶句大率
不出此四體其變格則又有仄韻蓋祖古樂府
有換韻祖古烏棲曲有四句皆韻祖古白紵辭
有仄起平接而不對者此又一體作者雖多舉
不出此八體之外

王元美曰七言絶句盛唐主氣氣完而意不盡工
中晚唐主意意工而氣不甚完然各有至者未

以時代優劣也

王敬美曰晚唐詩萎薾無足言獨七言絶句膾炙人口其妙至欲勝盛唐愚爲絶句覺妙正是晚唐未妙處其勝盛唐乃其所以不及盛唐也絶句之源出於樂府貴有風人之致其聲可歌其趣在有意無意之間使人無處捉著盛唐惟青蓮龍標二家詣極李更自然故居王上晚唐快心露骨便非本色議論高處逗宋詩之徑聲調

早處開大石之門

嚴滄浪曰絕句四句不相連屬或云絕取八句律之四句或云絕妙之句

唐詩絶句人物

王　勃字子安絳州龍門人通之孫六歲善文辭未及冠沛王召署府修撰作鬬雞檄文高宗怒斥出府後省父溺海死

杜審言字必簡襄陽人子美之祖咸亨進士爲隰城尉恃才傲世與李嶠崔融蘇味道爲文章四友後坐交張易之流峯州入爲修文館直學士卒

崔惠童開元時人尚明皇晉國公主

賀知章字季真永興人擢超拔羣類科遷太常博士開元初遷禮部侍郎晚節放誕號四明狂客

張敬忠開元初拜平盧節度使

許敬宗字延族新城人隋禮部侍郎善心子也幼善屬文太宗召補秦府學士歷官檢校中書侍郎高宗立武昭儀敬宗特贊

成其計加太子賓客進封郡公

王　翰字子羽晉陽人擢進士調樂昌尉張説

輔政召爲正字開元中貶道州司馬卒

王昌齡字少伯江寧人開元進士補郎尋遷龍

標尉世亂還鄉爲刺史閭丘曉所殺

孟浩然襄陽人隱鹿門山張九齡爲荆州署爲

從事與王維善年四十乃遊京師失對

放還

張子容襄陽人與孟浩然同隱鹿門山登進士

爲樂城令晉陵尉

李白字太白蜀人母夢長庚星而生因名之

與聖皇帝九世孫天寶初賀知章言於

玄宗召供奉翰林代宗立召爲右拾遺

後卒于當塗

張旭善草書。每大醉。呼叫狂走迺下筆。或以

頭濡墨而書。自以爲神。因呼曰張顛。

王　維字摩詰太原人九歲知屬辭擢進士第一人後陷祿山賊平後免死肅宗時遷尚書右丞工草隸善畫寧薛諸王待若師友

王之渙并州人與兄之咸之賁皆有文名天寶間與王昌齡高適暢當交善

吳象之

賈　至字幼隣洛陽人擢明經第玄宗拜起居

舍人知制誥撰肅宗登極文歷中書舍人至禮部侍郎諡曰定

杜甫字子美審言孫襄陽人舉進士不第玄宗朝獻賦使待制集賢院後適劍南依嚴武表爲叅謀檢校工部員外肅宗立拜右拾遺

嚴武字季膺華州人㓜豪爽舉進士擢成都尹遷劍南節度使與杜甫厚永泰初卒

高適字達夫一字仲武滄州人張九皐奇之舉有道科拜左拾遺以左散騎常侍封渤海侯年五十始爲詩卒謚曰忠

岑參南陽人登進士第二人累遷侍御史出爲嘉州刺史退居杜陵屬中原多故卒老于蜀

張謂字正言河南人天寶進士官禮部侍郎與李白善同泛舟沔州南湖

常建開元進士大歷中爲盱眙尉寓鄂渚卒

張潮潤州曲阿人不仕

盧弼與李光遠同時

獨孤及字至之河南人天寶末以有道舉高第終司封郎中常州刺史晩年嗜琴有目疾不肯治欲聽之專也後甘露降庭而卒有毘陵二十卷

劉長卿字文房河閒人開元進士至德中爲轉

運使吳仲儒誣奏貶南巴尉有人代辨
除睦州司馬卒

皇甫冉字茂政潤州人十歲能屬文張九齡嘆
異之天寶間與弟同登第授無錫尉歷
官右補闕

靈一剡人越中雲門寺律僧與劉長卿嚴維
皇甫兄弟朱放靈澈等同爲詩友

盧綸字允言河中人舉進士不第世亂客鄱

陽大曆初監察御史德宗時爲戶部郎
中其舅韋渠牟表其才召見禁中與吉
中孚韓翃錢起司空曙苗發崔峒耿湋
夏侯審李端號大曆十才子
韓翃字君平南陽人天寶進士建中初以駕
部郎中知制誥終中書舍人
錢起字仲文吳興人天寶進士與郎士元齊
名士林語曰前有沈宋後有錢郎歷官

翰林學士右拾遺

司空曙字文明一字文初廣平人舉進士韋皋節度劍南辟致幕府累官水部郎中

李端趙州人嘉祐之侄大曆進士杭州司馬移家衡山自號衡嶽幽人與暢當友

郎士元字君冑中山人天寶進士選京畿縣官詔試中書補渭南尉歷右拾遺卒

柳談字中庸京兆人蕭穎士門人以女妻之

與李端善不仕與弟中行皆有文名

張　繼字懿孫兗州人天寶進士大曆末授檢

校祠部員外郎

長宗翺肅代時人

于　鵠隱居漢陽與元間詩人薦歷府從事居

江湖間張籍有傷鵠詩

韋應物京兆人性高潔爲詩馳驟建中間除左

司郎中歷蘇州刺史

顧況字逋翁蘓州人隱居不仕師事李泌德宗時柳渾薦爲校書郎遷著作佐郎坐詩語調詼貶饒州司戸茅山以壽終

戎昱荆南人李夔廉察桂林爲幕賓李鑾尹京欲妻之以女令改姓固辭建中中官辰虔二州刺史京兆尹遷侍御史受知於顔眞卿

戴叔倫字幼公金壇人師事蕭頴士貞元中及

第建中時守撫州刺史德宗嘗賦中和節詩遣使寵餞代還卒于道

包佶字幼正何之弟天寶進士官御史中丞遷刑部侍郎封丹陽郡公

劉方平河南人隱居頴陽大谷汧國公李勉延之不屈與元魯山友善

嚴維字正文山陰人至德進士爲右補闕

靈澈字澄源俗姓湯生于會稽越州雲門寺

僧與僧皎然遊然薦之包佶李紓由是
得名韋丹鎮江西爲忘形之契貞元中
遊京師緇流嫉之中貴徙汀州後歸會
稽終于宣州

劉　商字子夏彭城人後居長安貞元進士遷
檢校禮部郎中悦家義興胡父渚

權德輿字載之秦州人德宗時遷中書舍人知
貢舉元和五年拜禮部尚書平章事

裴交泰正元時人

李益字君虞隴西人宰相揆族子與宗人賀相孚大曆進士遷太子賓客以禮部尚書致仕

法振僧與李益交

武元衡字伯蒼河南人建中進士授御史中丞以門下侍郎平章事被盜所殺有臨淮集

韓　滉德宗時人
羊士諤泰山人貞元初進士拜監察御史性傾
　　險坐誣論宰相貶資州刺史
張仲素字繪之建封子也擢進士元和時翰林
　　學士
劉禹錫字夢得中山人登博學宏詞科以王叔
　　文交貶和州裴度薦爲翰林學士樂天
　　嘗推爲詩豪

熊儒登貞元初與劉禹錫交

柳宗元字子厚河東人徙吳舉博學宏詞科授校書郎累遷監察御史坐王叔文黨貶永州司馬元和十年徙柳州刺史卒

韓愈字退之南陽人擢進士元和初擢國子監博士諫佛骨貶潮州刺史穆宗時遷吏部侍郎長慶四年卒謚曰文

王烈大曆中人

歐陽詹字行周泉州人與韓愈李絳等聯第閩人第進士自詹始其文深切明辨

賈島字浪仙一作閬仙范陽人初爲僧名無本遊東都韓愈教爲文舉進士爲長江主簿有長江集

陳羽江東人舉貞元進士歷官東宫尉

張籍字文昌和州人貞元及第韓愈薦之歷水部員外至國子司業晚年失明卒

王建字仲初潁州人大曆進士仕至祕書監丞侍御史出爲陜州司馬與張籍友善工爲樂歌行

姚合陜州人宰相崇之玄孫元和進士仕至監察御史調武功尉善詩世號姚武功

李約字存博汧國公勉之子元和中仕爲兵部員外郎與張諗同官相得曾佐庶人李錡幕

李涉洛陽人與弟渤隱廬山太和中徵爲太
學博士號清溪子

竇常字中行京兆人叔向長子大曆中登第
累官水部員外郎後遷國子祭酒

竇牟字貽周叔向仲子貞元進士官國子司
業

竇鞏字友封元和進士元稹節度武昌辟置
幕府爲秘書少監

白居易字樂天太原人徙華州下邽貞元進士

貶江州司馬會昌初以刑部尚書致仕

與元稹友善世號元白

元稹字微之河南人擢明經元和初制科對

策第一太和間爲尚書右丞卒有長慶

集

盧仝濟源人與韓愈善號玉川子甘露中遇

工涯禍死

朱可久字餘慶以字行閩人寶曆進士授祕書省校書郎

楊巨源字景山蒲州人貞元進士官國子司業

李紳字公垂亳州人元和初進士以御史中丞平章事出鎮淮南與李德裕元稹同時號爲三俊

李商隱字義山懷州人世勣之後爲文奇邁長於律詩開成進士遷吏部員外郎歸祭

陽卒自號玉溪子

温庭筠字飛卿舊名岐并州祈人彥博裔孫也工爲詞章與李商隱齊名然薄於行多作側體艷曲累舉不第後上書執政授方山尉

杜牧字牧之京兆人太和進士爲牛僧孺淮南掌書記李德裕奇其才會昌中歷官監察御史進中書舍人

許渾字用晦一作仲晦丹陽人太和進士爲
太平縣令後辟監察御史歷睦郢二州
刺史居潤州丁卯橋有丁卯集
司馬禮大中時人工詩時稱爲先輩
陳陶字嵩伯豐城人武宣間結廬西山號三
教布衣唐末卒
任翻一作蕃江東人會昌間累舉不第歸江
東

雍陶字國鈞成都人大和進士授國子博士
轉御史大中末出爲簡州刺史

劉得仁父士涇尚雲陽公主開成至大中三朝
兄弟皆貴仕得仁苦於詩出入舉場二
十年竟無成而卒

趙嘏字承祐山陽人會昌進士大中間仕至
渭南尉有渭南集

薛能字大拙汾州人會昌進士累官刑部郎

中爲徐州節度使廣明元年軍亂遇害

韓琮字成封長慶中進士歷湖南觀察使

李羣玉字文山澧州人大中間裴休入相薦之授弘文館校書郎與段成式結詩酒契

李郢字楚望長安人唐末避亂嶺表大中進士官至藩鎮從事兼侍御史死京口

杜荀鶴字彦之池陽人牧之子也牧會昌末爲郡時妾有妊出嫁鄉士杜筠生荀鶴大

順三年及第仕至翰林學士詩律自成

一家號晚唐格自稱九華山人天祐元

年卒

皮日休字襲美一字逸少襄陽人咸通進士授

著作郎遷太常博士與陸龜蒙友善乾

符亂出關爲黄巢所害

陸龜蒙字魯望吴興人舉進士不第居松江號

天隨子又號江湖散人

張　喬九華人受知於李頻薛能大順進士黄
　　巢亂隱九華山
唐彥謙字茂業晋陽人唐儉之後咸通末擢進
　　士乾符末避亂漢南居王重榮幕府歷
　　晋絳閬壁刺史卒自號鹿門先生
章　碣錢塘人一云孝標之子中進士不第後
　　竟流落
高　蟾河朔人乾符進士乾寧間遷御史丞與

鄭谷爲詩友

高駢字千里幽州人崇文之孫僖宗時爲淮南節度使平章事封南平郡王黄巢亂爲畢師鐸所殺

崔魯僖宗永明進士有無機集三百篇

羅鄴餘杭人舉進士不第與宗人隱虬俱以詩名號三羅隱才雄而麤疎鄴才清而綿緻虬爲最下

羅隱字昭諫新城人累舉不第光啓中爲吳越王錢塘令特賜隱進士爲給事中遷發運使號江東先生開平中卒

李極字昌時咸通末進士累遷考功郎中黄巢亂避地平陽僖宗召爲翰林學士

鄭谷字守愚宜春人擢光啓進士遷都官郎中爲司空圖所奇與許棠任濤張蠙李栖遠張喬喻坦之周繇温憲李昌符爲

詩相唱和號芳林十哲

杜　常釋圓至謂新舊史及唐諸家小說並無

杜常姓名惟孫公談圃以爲宋人周伯

弜方澤同列之於唐必有所據

崔道融荆州人自號東甌散人與司空圖爲詩

友爲永嘉宰

王　駕字大用蒲中人登大順進士仕至禮部

員外郎號守素先生與司空圖鄭谷爲

詩友

司空圖字表聖虞鄉人咸通中擢進士昭宗召拜諫議不起後還隱中條山號知非子後聞哀帝被殺不食而卒

吳融字子華山陰人龍紀初進士後爲左補闕拜中書舍人昭宗反正進戶部侍郎終承旨有詩四卷

韓偓字致光一字致堯京兆人龍紀進士累

官翰林學士爲朱全忠所惡天祐中避
禍入閩因依王審知卒

韋莊字端巳杜陵人見素之孫乾寧進士李
詢辟爲判官掌書記遷起居舍人後爲
蜀相有浣花集

王貞白字有道永豐人乾寧進士授校書郎與
羅隱方干同唱和

曹松字夢徵舒州人光化及第年七十餘授

校書郎同榜皆七十餘號曰五老榜依建州李頻頻卒值寇亂避地洪州西山

張　泌淮南人仕南唐爲内史舍人知貢舉

李建勳隴西人仕南唐爲丞相

韓熙載字叔言本青社人事江南三主時謂之神仙中人風彩照物每縱轡春城秋苑人皆競觀談笑則聽者忘倦審音能舞善八分及画筆皆冠絶簡介不屈舉朝

未嘗拜一人每獻多嘉納吉凶儀制不
如式者隨事稽正制誥典雅有元和之
風屢欲相之爲宋齊丘深忌終不見用

有姓氏無世次爵里者六人

張演　　　柯宗

李淵　　　鮑德源

王韞　　　王周

補唐詩絶句人物

長孫佐輔朔方人德宗時弟公輔爲吉州刺史佐輔往依焉

段成式字柯古文昌之子會昌時人博學强記多竒篇秘籍著酉陽雜俎書數十篇官終太常少卿

宋濟國史補云德宗時不第後禮部十甲乙名

李九齡

鍾離先生

呂洞賓

ISBN 978-7-5010-6368-0

9 787501 063680 >

定價：160.00圓